只因相遇太美

丁立梅——著

万卷出版有限责任公司
VOLUMES PUBLISHING COMPANY

图书在版编目（CIP）数据

只因相遇太美 / 丁立梅著． -- 沈阳：万卷出版有限责任公司，2021.5（2025.7重印）

ISBN 978-7-5470-5638-7

Ⅰ.①只… Ⅱ.①丁… Ⅲ.①散文集—中国—当代

Ⅳ.①I267

中国版本图书馆CIP数据核字（2021）第074034号

出 品 人：王维良
出版发行：万卷出版有限责任公司
　　　　　（地址：沈阳市和平区十一纬路29号　邮编：110003）
印 刷 者：辽宁新华印务有限公司
经 销 者：全国新华书店
幅面尺寸：145 mm×210 mm
字　　数：210千字
印　　张：9.5
出版时间：2021年5月第1版
印刷时间：2025年7月第7次印刷
责任编辑：胡　利
责任校对：刘　璠
装帧设计：展　志
ISBN 978-7-5470-5638-7
定　　价：38.00元
联系电话：024-23284090
传　　真：024-23284448

Contents 目 录

Chapter 01　草地上的月亮

Chapter 02　桃花时光

Chapter 03　只因相遇太美

Chapter 04 **故乡的原风景**

Chapter 05　　浅淡岁月，总有欢喜相守

草地上的月亮

我坐在这些大大小小的月亮中间，跟虫子比赛吟唱，心境澄清，我也像一枚，快乐的月亮了。

快乐，原是上帝赋予每个生命的。公平，无一遗漏。如阳光普照。无论贵贱，无论贫富。

草地上的月亮

夏天正热烈的时候，我去寻找荷花，意外撞见一块美丽的草地。草地傍河，旁有小土丘做假山。假山上丝竹环绕，绿草如茵，花开数朵，虫鸣其间，自得其乐。

我便常常在那里流连。有月的夜晚，在家里坐不住，我关上门，和那人一起，走上二三里的路，奔了那里去。盘腿坐在草地上，听风吹，听虫叫，听花开，听草与草的喁喁私语。夜的声音，丰富得令人惊奇。

月亮掉在河里。河水清幽幽的，河里的月亮，便显得格外俏皮。像喜欢探险的孩子，偏要往了那幽深的地方去，一步一探，一步一惊叫。这是月亮的乐。月亮为什么不乐呢？

一艘驳壳船停泊在不远处的水上。月色把它的坚硬，泡成柔软。它看上去，很像一蓬青绿的小岛，浮在水面上。我认识那船，外地人的，男人女人，还带着两个五六岁大的孩子。是两个男孩，看上去像双胞胎，一样黝黑的皮肤，一样圆溜溜的眼睛，壮壮实实的。他们在岸上捉蚱蜢，追蜻蜓，玩得不亦乐乎。有大船运来货物的时候，男人女人就忙开了，他们的驳壳船，承载着卸载货物的重任。那是晴白的天。

一些时候，河岸静着，男人女人闲着。船上的桅杆上，扯出一根绳索来，女人在晾衣裳。家常的衣裳，一件一件，大大小小，红红蓝蓝，有岁月静好的意思。男人呢？男人竟在船头钓起了鱼，天热，他打着赤膊，相当的悠闲自得。有天黄昏，我走过那里，竟意外发现他在船头拉二胡。女人进进出出，并不专心听。两个孩子在打闹着玩，也不专心听。男人不在意，他拉了自己听，拉得专注极了，呜呜哑哑，呜呜哑哑。那是他的乐。

我想起另一些场景。那个时候还小，邻家有老伯，相貌奇怪，嘴角歪着，脸上遍布疤痕。手脚亦是不灵便的，走路抑或递物，都哆哆嗦嗦着。听大人们说，他年轻时，遇一场大火，家人悉数被烧死，他死里逃生。村人同情他，给他重新搭了两间茅屋住，分配了两头牛，让他养着。日日见他，都是与牛同进同出的。

他却喜欢歌唱。有人无人时，他高兴起来，都会扯开嗓子吼几句。唱的什么歌无人说得清，反正就那样唱着，头微微仰向天空，嘴巴大张着，一声接一声，乐着他自己的乐。每逢他唱歌，村人都会笑着说，听，谢老大又在学牛哞哞叫了。谢老大是村人对他的称呼。可能他是谢家最大的孩子，——这是我的猜测了。我一直不知道他的名字。

他并不介意村人的取笑，照旧唱他的，头微微仰向天空，嘴巴半张着。他身旁的牛，温顺地低着头，吃着草。

也见他在夕阳下喝酒。做下酒菜的，有时是一碟萝卜，有时是一碟咸菜。他眯着眼睛，轻呷一口，并不急着把酒咽下去，而是含在嘴里，久久咂摸着，脸上浮现出满足的笑容。我远远站着看，以为那酒，定是世上最好的美味。某天趁他不注意，偷喝，麻辣出两眶泪。经年之后，我始才明白，他品尝的，原是心境。

月亮升得越来越高，升到草地的上空。夜露悄悄落，落在草叶上。这个时候的月亮，变得更调皮了，它钻进草叶上的每滴露珠里。于是，每滴露珠里，都晃着一个快乐的月亮。我坐在这些大大小小的月亮中间，跟虫子比赛吟唱，心境澄清，我也像一枚，快乐的月亮了。

快乐，原是上帝赋予每个生命的。公平，无一遗漏。如阳光普照。无论贵贱，无论贫富。

冬天的树

在冬天，我常常不由自主地会为一棵树停下脚步，一棵掉光叶的树。

那棵树，或许是棵银杏。或许是棵刺槐。或许是棵苦楝树。或许是棵桑。它们一律的面容安详，简洁清爽，不卑不亢，不瞒不藏，坦露出它们的所有。没有了蓊郁，没有了喧哗，没有了繁花灼灼、果实丰登。可是，却端然庄严得叫你生了敬畏和敬重。

偶尔的鸟雀，会停歇在它裸露的枝条上，把那当作椅子、凳子，坐上面梳理毛发，晒晒太阳。它也总是慈祥地接纳。

风霜来，它接纳。

雨雪来，它接纳。

岁月再多的涛光波影，也难得撼动它了。它在光阴里，端坐。鼻对口，眼对心，如"打禅七"的禅僧。

智利诗人聂鲁达说，当华美的叶片落尽，生命的脉络才历历可见。一棵冬天的树，很好地诠释了这句诗。

它让我总是想到那次偶遇：

是在南国小镇。年老的阿婆，发髻整齐，穿着香云纱的衫裤，端坐在弄堂口。风吹过去，吹得她的衫裤沙沙作响。人走过去，花红柳绿地摇曳生姿。她只端坐不动，与世界安然相对，榆树皮似的脸上，不见喜悲。

年轻时的故事，却是百转千回层层叠叠。家穷，兄妹多。那年，她不过才十一二岁，就南下南洋打工。所得薪金，悉数寄往家里。一段日子的苦撑苦熬，兄妹们终于长大成人。她从南洋返回后，自梳头发，成了一个立誓终身不嫁的自梳女。

那个年代，女性的地位低下卑微。走出家门的女性，独立意识开始苏醒，不甘心嫁到婆家，受虐待受欺侮。于是，她们像已婚妇女那样，在乡党的见证下，自行盘起头发，以示独守终身，这就成了自梳女。做了自梳女的女子，若中途变节，是要受到重罚的。轻则会遭到酷刑毒打，重则会被装入猪笼投河溺死。死后，其父母还不得为其收尸殓葬。

可是，爱情的到来，犹如春芽要钻出土来，四月的枝头花要绽放，哪里压得住！她爱了。

被吊打，被火烙，还差点被沉了河，她依然矢志不渝，只愿和心爱的人能生相随，死相伴。

她最终被乡党逐出家园。爱的那个人，却始乱终弃。她当时已怀有身孕，一个人流落他乡，养蚕种桑，独自把孩子抚养长大。

她拥有一手传统的好手艺，织得香云纱。九十多岁了，自己身上的衣，还是自己亲手织布，亲手漂染，亲手缝制。

人们把她的一生当传奇，对她的往昔追问不休。她只淡淡笑着，不言不语，风云不惊。

是啊，还有什么可惊的呢！就像一棵冬天的树，已历经春的萌动，夏的繁茂，秋的斑斓，生命的脉络，已然描摹清晰。别再去问活着的意义，一生的所经所历，便是答案。

这个冬天，我陪朋友逛我们的小城泰山寺。寺庙跟前，我看到一棵苦楝树，撑着一树线条般的枝枝丫丫，斑驳着日影天光。如一尊佛，练达清朗。我们一时仰望无语。且住，且住，这岁月的根深流长。

笔缘

我是被他店里的古朴吸引住的。

店门口，青花蓝布之上，悬一支特大号的毛笔。笔杆是用青花瓷做的。谁舍得用这笔来写字啊，得收着藏着才是。

这是边陲古镇。一街的鼎沸之中，它仿佛一座小岛，安静得不像话。

我也才从那大红大绿的热闹中走过来。看见这店，身旁的大红大绿全都走了，喧闹声响也都走了，人自觉静了。

怎么能不静？看他，一个人静静地，像支悬在墙上的狼毫。白衬衫，褐色皮围裙，戴一顶卡其帆布帽，安坐于店堂口，手握镊子，膝上摊一堆说不上是什么动物的毛，一根一根地拣。他每拣一根，都要对着光亮处仔细看一下，分辨出毛的成色、锋颖、粗细、直顺等。复低头，再拣。这样的动作，他不厌其烦地做，一做十五年。

店堂狭窄，只容一人过。两边墙壁上，悬着字画。笔架上，各式各样的毛笔，或插着，或悬着。有长有短，有粗有细，总有成百上千支吧。这些,全都出自他的手。一根毛一根毛地挑出来,然后,浸泡于水中,用牛角梳慢慢梳理,去绒、齐材子、垫胎、分头、做披毛,再结扎成毫。他说,做成一支毛笔,要一百二十道工序,每一道,都马虎不得。

从前他不是做笔的。他父亲是。他父亲的父亲也是。算是祖传了。父亲做笔,名声很大,方圆几百里,都叫得响。有个顶有名的书法家,专程跑上几百里,去买他父亲做的笔,一买几十年。书法家说,不是他父亲做的笔,那字,就不成字了,总也写不出那种味道来。

父亲临终前,难咽气,说断了祖宗手艺。他当时在一家机械厂任职,还是个副厂长呢,多少人羡慕着啊。可是,为了让父亲能闭上眼睛上路,他选择了辞职,拿起镊子和牛角梳。

这一做,就放不下了。说是热爱,不如说是习惯了吧。每天早上醒来,他总要摸摸镊子和牛角梳,再把室内所有的笔,都数望一遍,才安心。这种感情,不能笼统地说成执着或是热爱。它是什么呢?就好比你饿了要吃饭,你渴了要喝水,你打个喷嚏会流眼泪,就这样自然而然的。哎呀,说不清啦,最后他这么说。

他辗转过不少地方,带着他的手艺。我这卖的不是笔,卖的是懂得,他强调。现在,能静下心来写字画画的人少,懂得欣赏这种手工艺的行家,更少了。他来到这边陲小镇,一年四季观光客不少,也总能碰上一两个懂笔的知己。所以,他住了下来。有个安徽的书法家,问他定制了十万块钱一支的羊毫。那得在上万只羊身上，挑出顶级中的顶级的毛，没有任何杂质，长短色泽粗细都一样。他为做这支羊毫，花费了大半年时间。

遇到懂它的人，值！他笑了。房租却越来越贵，原来的店铺有两大间呢，宽敞明亮的，好着呢。现在只剩下这么一小间了，他说。

他有两个孩子，一儿一女，都念初中了。孩子却对做笔没兴趣，有时放学回来，他让他们帮着拣拣毛，他们却弄得乱七八糟的。坐不住哇。做这个，得耐得住性子，还要耐得住寂寞。

他姓章，叫章京平。江西人。他在他做的每支笔上，都刻上了他的名字。

我不懂笔。但我还是问他买了两支，八十块钱一支。笔杆上，镶了一圈青花瓷，很典雅。我带回来，插在书房的笔筒中。外面的桂花或是梅花，开得正好的时候，我会掐一两枝回家，和这两支毛笔插在一起。

口红

　　女人想要一款口红，想好久了。

　　玫瑰红的。女人看见来她地摊前的女顾客唇上，抹着那种色彩的口红。女顾客的嘴唇看上去娇嫩欲滴，像两瓣玫瑰花。女人的眼光扫过去，就移不开了。

　　女人后来又在不同的女顾客唇上，看到了那种红，娇嫩的，鲜艳的。

　　女人也想这么鲜艳一回。

　　大半辈子过下来，女人一直生活在奔波忙碌中。小时，家里兄弟姐妹多，不用说口红，连吃穿都成问题。待到嫁了人，男人与孩子，成了女人的天，女人围着他们团团转，根本没有心思去装扮。孩子稍大一些，女人和男人，双双下了岗，当务之急，是解决生存问题。口红？女人压根儿就没想过这回事。后来，男人去开出租，女人摆了地摊，卖些杂七杂八的小物件。

　　很快，女人的生日到了。男人问："想要什么？"

　　女人没好意思说要口红。女人怕吓着男人，摆地摊与抹口红是不搭界的，何况，她年纪已是一大把了。

女人却无法放下对那款口红的想念。

女人终于鼓起勇气走进商场。在化妆品柜台，她一眼就看到了那款口红。千真万确，就是它，玫瑰红的！它站在柜台上的商品架里，和其他口红一起，鲜艳娇嫩，等着嘴唇来与它相亲。

女人激动了，她在商品架旁不停地打转，怕别人瞧见了笑话，她只能看一眼那款口红，再看一眼别的化妆品。卖化妆品的女孩，甜甜蜜蜜地朝她走过来，涂得鲜红的两片小嘴，轻轻张开："阿姨，你想买什么？"

女人慌了，伸手指着那款口红说："我想买这个，送给我女儿。"女人撒了谎，她只有一个儿子，并无女儿。

口红的价钱，超出女人的想象，一百多块呢。女人还是买下它。

女人揣着口红回到家，立即对着镜子，在唇上抹开了。镜子里的红唇，像两瓣玫瑰花。女人独自欣赏了会儿，拿纸巾，轻轻擦掉。

出门，女人继续去摆她的地摊，容光焕发。和她相邻摆水果摊的妇人，盯着女人的脸看半天，说了句："你今天的气色真好。"

女人笑了。因为心上装着一款口红，整个人，竟不一样了。女人想，以后每天都这么抹两下，美给自己看。

蚕事

十亩之间兮，桑者闲闲兮，行与子还兮。

十亩之外兮，桑者泄泄兮，行与子逝兮。

——《诗经·魏风·十亩之间》

江浙一带的农事里，占据十分重要位置的，是蚕事。分春蚕和秋蚕。夏季也养，但少量，只是养着玩。那时歇桑。除了野桑树上尚有叶子外，家植桑树，都在养精蓄锐着，枝条上的叶，才冒出指甲大小。但一俟秋风起，那些桑叶，全憋足了劲儿，疯长。不过三两天，满桑园看去，已成叶的海洋，绿海洋。繁密得不露一丝缝。那些蚕宝宝，可以放开了肚皮吃。只听一片沙沙沙，沙沙沙，疾风骤雨。是它们在忙着吃桑叶。一条一条蚕，伏在芦苇席上，青白而胖的小身子，蠕动着，丰衣足食的安泰样。

我读到这首《十亩之间》时，想起这样的蚕事。令我大为吃惊的是，原来，北方也养蚕的，在《诗经》年代。曾经的兴盛，远远超过现在的江浙，几乎家家事蚕事。甲骨文里有祭祀蚕神的记载，说明早在商代，黄河流域的蚕事和丝织业，已相当发达。那么，是谁第一个发现了蚕这种小虫能吐丝，且那丝可以织成布？我毫不怀疑，发现它的是女人，女人的细心与敏感，是与生俱来的。或许，是那样一种情形，一个到山坡上采野果的女人，无意中在一棵野桑树上，发现了一些蚕。它们洁白柔软的小身子，让女人很喜欢。女人发现了宝贝似的，天天跑去看，看着它们一点一点长大，吐丝，结茧。她拾了那茧回家，当野鸟蛋给煮呢，结果，抽出了亮亮的丝。

人类的智慧，是道神秘的符，不可解。从远古到现在，这个世界，每天有多少奇迹在发生？那些奇迹，无一不与人类关联着。

世上万物，本也是搭配好了的罢。就像桑与蚕。桑是为蚕而生，蚕是为桑而来。仿佛爱情，有一个你，必有一个他（她）。而我们人类，是其中最大的受益者。人类最应该感谢的恩人，是自然。

十亩？是的，十亩。桑园幽幽。再掏一块白地儿，种半畦蚕豆，或半畦大白菜。之间，之外，都是。多大的庄子！多大的田园！女人们在十亩之间，十亩之外，劳作着。把一个一个的日子，打点成饭桌上冒着热气的饭菜，打点成身上穿着的布衣裳。

是在仲春，或是在中秋，阳光灿烂。一个村庄，被阳光拥抱着，到处都粼粼地，闪着光。一望无际的，是桑树园。肥绿的桑叶，把一个天地，铺成浓墨重彩的油画。采桑女推开柴门，顺便弯腰在院墙外，扯一把青草，丢给跟在身后咩咩咩叫唤的羊。一个，两个，三个……她们肩背手提的，是藤编的筐。她们去桑园采桑。

布衣荆钗。脸庞黑里透红。长发黑而亮，随风飘拂。这是她们最健康的模样。她们在桑树林间穿梭，手飞快地采着桑，桑的乳白的汁液，黏在她们手上，洗也洗不脱。使她们的手，什么时候闻起来，都有一股桑叶的味道。而那些卧着的白而胖的蚕，是最喜欢亲近她们的手的，轻轻一拨弄，它们就会舒服地伸伸小身子。

"十亩之间兮，桑者闲闲兮"，"十亩之外兮，桑者泄泄兮"，是谁在远远地观望？十亩之间，十亩之外，那些采桑女的身影，多么从容，多么轻盈。绿的世界里，她们是花开一朵朵。有歌声响起，这边唱，那边和。柔媚得，似风吹。是采桑女们在歌唱。劳动是这样的美丽，让远远站着看的那个人，忍不住击掌大叹，妙啊！于是妙出了这首《十亩之间》。

夕阳西下，红枣似的，缀在天边。鸟儿归巢，成群地飞过采桑女的头顶。采桑女的筐子，满了。一筐的绿汪汪。她们背起筐子，额上沁出细密的汗珠。她们随手在额上抹一把，桑叶的汁液，便又黏到额上去了。一张脸，成大花脸，眼睛却晶晶的亮。几个女子互相取笑着，站路边等那个最慢的，她还在桑园深深处呢。"行与子还兮"，"行与子逝兮"，她们一齐叫，快点啊，我们等你一起走啊。那边忙不迭答应，来了，就来了。

有狗前来接应她们，在她们前头，撒着欢地跑。村庄上空，开始飘起了炊烟。她们是我的母亲，她们是我的姐姐。至今，我的母亲和姐姐，还在那片桑树林中，采桑养蚕，生生不息。

步摇

我敲出"步摇"这两个字时，我的手底下，仿佛也在摇曳生风。我一直一直在想，怎么会有这样的首饰呢，它居然叫步摇。

它也只能叫步摇的。

我发现它，是在一套《汉族风俗史》里，说到唐代女子常见的首饰时，提及步摇。原不过是钗梁上垂有小饰物的钗，古代女子，把它插于发髻前。书中只是轻浅的两笔，淡淡带过，在我，却念念于心。步摇，步摇，这叫法，多活泼！像调皮的小孩子，一刻也坐不住，满室的安安稳稳中，他一颗小小的心，早跑到屋外去了。大人稍一不留意，他已溜出屋外，在野地里又蹦又跳。花样女子发髻上插了这样的步摇，莲步轻移，钗随人动，该是怎样的生动！在风吹不动的日子，也会陡增几分情趣。

祖母有钗，银的。年岁久了，色泽变得有些黯淡。祖母还是当它作宝贝，每日里细细地梳完头，把它插到脑后的发髻上。那时我年幼，是极不安分的一个人，母亲笑我身上一定是装了弹簧。然而看祖母梳头，我却能安稳地待一边，一看就是半小时。有时也会抢了她的钗，往我稀黄的头发上插。哪里插得住？祖母笑，等小丫头长大了才行的。我于是盼望长大。而长大是件多么遥远的事，那些日子，天地转得那么慢那么慢。

村里的女孩子，赶小就知道美。草地里坐着，一捧青草在膝上，用它编草戒指草项链草耳环。有一种草的汁液很黏稠，编了耳坠粘在耳上，可以挂很久不会掉下来。我们就"戴"着这样的耳坠，迎着风跑。我们跑，耳坠也跑，我们想象，那是缀着闪亮珠子的耳坠，一步三摇。日子里有满满的好，说不上的。

一段时期，女孩子们赶趟儿似的去穿耳洞。有了耳洞，长大了就可以戴真的耳坠的。我姐姐穿了，在没有耳坠可戴的年代，姐姐一直用一根红线拴着。风吹发飞，那红线隐约可见。美得动魂。

我也要穿耳洞，是下了决心的。村东头的女人会穿，她喜欢吸水烟。女孩子们讨好地帮她装上烟叶，她点上火，深深吸一口，而后拿出一根银针来，给女孩子们穿耳洞。她捏着女孩子们的耳垂，不停地揉，嘴里说着，哎呀，这姑娘的耳朵长得真好看。突然一针下去，女孩子的眉头跳一跳，是疼的。却嬉笑着说，不疼。女人给她们的耳洞穿上红线，刚刚还寻常着的女孩子，瞬间就变得光彩照人起来。

我却犹豫着，不敢。她们劝，不疼呀，来穿呀。我还是不敢。门外风在招摇，女孩子们等不及再劝我，一个个跑进风里面，头发飞起来，她们耳朵上拴着的红线，艳得夺目。

我的耳洞，最终也没有穿成。却对那样的场景，记忆深刻。贫瘠中的美，光芒绵长得足以覆盖我的一生。

喜欢过一个词：布衣荆钗。是乡野女子，粗布衣衫地穿着，却有钗配着，哪怕是荆钗。我以为，《陌上桑》里的罗敷就应是这样的打扮的，而不是文中所写的穿着华丽。她在路边采桑，发髻上的荆钗，追了她的身影而动，她一抬手一扬眉，都藏了万种风情。天生丽质难自弃，那才叫一个惊艳。

琉璃世界的白雪红梅

　　山坡，雪，四面的粉妆银砌。有女儿，身披凫裘，袅袅遥立。身后一瓶红梅，是胭脂浸染，听得见芳华，幽幽正吐……这是《红楼梦》里宝琴的雪下折梅。

　　至此时，红楼里的女儿们，悲剧已显现：死了秦可卿、金钏儿，黛玉葬花，凤姐泼醋……又来一个鸳鸯挥剪铰发——要知道，古时候女子的发，是视作生命的呀，不是绝望之极，断不会舍了性命来拼的。

　　一支狼毫在手，曹雪芹握不动了。那后面，还将流多少的女儿泪？他眼看着一个一个冰清玉洁的灵魂，从他笔下，杜鹃啼血般地，一路咯血而去。他的心，该痛裂成亿万片了。

　　怎么可以？他一定掷笔大恸。

　　午后阳光惨淡。想必是冬天，红楼里愁云重锁，风雪欲来。曹雪芹倚窗而坐，再不忍下笔而写，眼睑渐渐合上，于困顿之中打了一个盹。一场白雪，悄然而至。和白雪一起飘来的，还有那个红梅一样的可人儿——薛宝琴，花吐胭脂，香欺兰蕙。

宝琴出现时的身份是薛宝钗的堂妹。这个身份很可疑，在前四十八回里，压根儿没提及一点点，到了四十九回里，却突然冒出来，鲜亮亮地突兀在众人跟前，如仙外来客。

　　大观园的一池水，陡地被宝琴搅活了。那个整日在裙衩环绕之中的宝玉，喜得一个劲傻叹："老天，老天，你有多少精华灵秀，生出这些人上之人来！"贾母则喜得无可不可，直把她看作比画上的人儿还要好，立即逼着王夫人认她做女儿，又把她收了房内亲自去养活。还动了把她许配给宝玉的心思——可见得是如何的看重与喜爱了。平时表现得最有雅量的宝钗，这时也醋醋地对她说："我就不信我那些儿不如你。"而心高气傲的黛玉，则把她引作知己，一个劲儿地追着叫妹妹。她几乎集所有红楼女儿的长处于一身——清纯，美丽，活泼，聪慧。

　　她不是养在深闺中的女儿，小小年纪，就跟着好乐的父亲，走遍四山五岳，天下十停，就走了有五六停了。所以她眼界开阔，才思敏捷，非一般女儿家可比。在芦雪庵争联即景诗中，宝琴所展露的才华，竟是不让黛玉、宝钗和湘云的。咏梅诗表现出的才情，则让宝玉深为惊奇。而一气作下的十首怀古绝句，更是让众人称奇道妙。

　　这样的宝琴，是雨后天空凸显的一道彩虹啊，绚丽缤纷。但，稍纵即逝。她的出现，只为缓解雨的沉闷与压在人心上的潮湿——总得让人怀了一点快乐吧，且记取一些欢笑，好冲淡以后岁月将出现的更大的阴霾。所以，曹雪芹要捏造出一个宝琴来，包括那个因之而两笔带出的梅翰林之家，全属子虚乌有的。她只是他做的一个梦，一个琉璃世界的白雪红梅梦：雪地，红梅，吟诗，吃肉……流水空山有落霞的，那些个烦恼都暂且忘了吧，一大帮红楼女儿，尽情嬉戏玩耍，满眼的环佩珠钗，笑靥如花，是"太平盛世"的欢乐年华。

这是盛开在伤口上的一场烟花啊，是红楼将倒时，窗户里漏进的一点光亮，在心上停了停，暖了暖，而后消失。在五十二回后，宝琴再没出现过。

现实是惨痛的，唯其惨痛，更显得那梦的完美与弥足珍贵。所以，那幅白雪红梅图，成了永恒。

老去不浪漫

年轻的女孩，在她博上很抒情地写下，老去是一件浪漫的事。我看着微笑，她多像曾经的我啊，看到夕阳下独坐的老人，白发苍苍，脸上波平浪静的，觉得禅意极了。羡慕这样的老去，以为人生至此，百念全消，复归自然。像一棵树，一株草，沉默于山林。

其实不是。年轻的时候，哪里懂得，生活不是油画。在油画背后，隐藏着被世界遗忘的痛楚，和巨大的孤寂。

我的祖父九十一岁了。亲朋好友都说，活到老爷子这份儿上，是福分，寿大福大。大家说这话时，老爷子一个人枯坐在小屋前，眼望着前方，前方长一棵梨树，一棵枣树。是老爷子亲手栽下的。当年，老爷子还能爬上枣树去摘枣的，现在老爷子眼也花了，耳也聋了。也无人愿意低俯到他的身边去，听他说话。大家热闹着来，明着是来看老爷子，实际上是找了由头相聚，倒把老爷子撇一边。吃吃闹闹散场去，遥遥冲老爷子挥一挥手，说声，爷爷，走啦！或是，姥爷，走啦！也不管他看见看不见，各自回各自的家去了。

一日，我去看老爷子。从小，我跟他的感情最为深厚。他知道是我去了，紧紧拉着我的手不放，喃喃说，我现在，除了吃，没什么用处啦，是个废人啦。

这是无奈。想他曾是多么刚性的一个人哪，说话如雷吼，一声下去，小辈中没一个不听的。一辆自行车，骑得呼呼生风。老街在三十多里外，他一个早上，能骑个来回。把家里需要的镰刀给买回来，在房檐下刨木柄，一把斧头使得威武得很。我们人小，站一边看，觉得这样的祖父好了不得，永远不会老。

关照父亲，平时多陪老爷子说说话啊。父亲摊一摊手，苦笑说，跟他说了他也听不见啊，再说，家里也忙的。

还能怎样？我转头看枯坐着的老爷子，淡的日光，落在他的白眉毛上。他看上去像一口枯井，废弃在岁月尽头。所有的疼痛，只他一个人收着。

也曾开过玩笑，化装成文学老太太上网。遇某一 ID，上来就破口大骂，老不死的，这么老了还上网，还文学！骂得我一愣，我尽量跟他掰理儿，我说你也会老啊，谁不会老呢，能平安过到老，是多大的造化啊，没见过有人半途夭折的吗？那边未及我把话说完，丢下一句，你这老不死的，还真能说哈。——一溜烟儿跑了。

心当下凉去半截。若是将来我真的老了，我得准备好多少勇气，来面对这等无缘无故的漫骂？朋友也笑说一事，一日上街，遇见一老人在路上蹒跚，后面突然蹿上来几个小青年，嫌老人挡路了，骂道，老不死的，这么老了还上街干吗呀！伸手粗鲁地把老人推到一边去。我问，后来老人咋办的？朋友说，还能咋办？站路边哭呗。

脑子里便一直盘旋着那个不认识的老人，暮暮之年，孤单行程，谁与共度？这是最最凄凉的，哪里还有什么浪漫可言？

即便如此，我们还是义无反顾地，朝着老的方向奔去。因为人生的每一步，都是一种体验。好的，坏的，我们都将担待着，从而成就人生的完整。

放风筝

女人想放风筝。

三月天，阳光温暖得像一朵朵花。南来的风，渐渐变得柔软起来温情起来，抚摸着每一个路过的人，抚得人的骨头都发了酥。女人的心里，生出一根绵长的藤蔓来，向着风里长啊长：这样的风，多适合放风筝啊。

是打小就有这个愿望的，要在三月的风里，尽情地放一回风筝。女人的父亲去世得早，母亲又多病，她是家里的长女，早早便承担起养家的责任。女人清楚地记得，那个时候，也是三月天，桃花一枝一枝的，在人家屋前绽放。风轻轻拍打着村庄。弟弟妹妹们拿了破牛皮纸，糊在竹片上，制作成简易的风筝，在田埂边放飞，快乐的叫声震天震地。女人也只是远远望一眼，羊还在等着吃草，母亲的药还在等着煎，她哪里有那份闲空和闲情呢？

也终于等到弟弟妹妹们长大，女人这才卸下肩上的担子。这个时候，女人早到了出嫁年龄，收拾一番，她把自己嫁了。家也不富裕，男人常年在外打工，女人守着家，操持着家务和农活。

曾经放风筝的愿望，已是隔着山隔着水的，摸也摸不着。

后来，女儿出生了，女人的全部心思，都放到了女儿身上。女儿是幸运的，每年三月，男人都会给女儿买一只风筝回来。女人看风筝的眼睛，不自觉地就会汪上一汪水。多漂亮的风筝啊，像花蝴蝶呢，女人在心里叹。忍不住伸出手来，摸了又摸。

男人根本没留意女人的眼光，男人说，我陪孩子放风筝去啦，你把我包里的脏衣服洗一下。男人每次回家，都要拎回一大包脏衣服，由女人洗干净了，他再带出去穿。女人缩回手，答应一声，拿了澡盆，泡上脏衣服，开始埋头洗。心却是不安的，直到她抬头看见女儿在田埂边拍手跳，看见"花蝴蝶"飞上天了，越飞越高，越飞越高，女儿和男人跟着花蝴蝶在奔跑，女人这才笑了。女人痴痴看一会儿，复埋下头，一心一意洗衣服。女儿和男人的快乐，就是她的快乐。

女儿大了，念完大学，留在城里，有了自己的天地。男人也不再外出打工了，在家里帮女人种种地，养些鸡鸭鹅的。家里虽仍不富裕，但吃穿不愁。女人突然松懈下来，在大把的时间里发呆，曾经以为湮灭掉的愿望，开始在心里泛着泡泡儿，让她不得安神。她对男人说，我想放风筝。

放风筝？男人笑了，以为女人在开玩笑。都五十来岁的人了，怎么想玩孩子们玩的玩意儿？这不让人笑话吗！男人就说，好端端的，放什么风筝呢。

女人执拗地说，我就是想放风筝。

男人看看女人，再看看女人，女人的神情，从未有过的认真。男人心里"咯噔"了一下，男人依稀记起以前女人看风筝的样子，恋恋的。是他疏忽了，女人原是如此喜欢风筝。

男人真的去买了一只风筝，花花绿绿的，像漂亮的花蝴蝶。女人摸着"花蝴蝶"，眼睛里汪上一汪水。三月的风里，"花蝴蝶"飞上天，女人的心，跟着飞啊飞。能这么放一回风筝，这辈子没白活，女人扯着风筝的线，幸福地想。

远远近近的人，都停下来看。他们不看风筝，看放风筝的女人。四野安静，头上已霜花点点的女人，是多美的一道风景啊。

爱到无力

母亲踅进厨房有好大一会儿了。

我们兄妹几个坐在屋前晒太阳，等着开午饭，一边闲闲地说着话。这是每年的惯例，春节期间，兄妹几个约好了日子，从各自的小家出发，回到母亲身边来拜年。母亲总是高兴地给我们忙这忙那。这个喜欢吃蔬菜，那个喜欢吃鱼，这个爱吃糯米糕，那个好辣，母亲都记着。端上来的菜，投了人人的喜好。临了，母亲还给离家最远的我，备上好多好吃的带上。这个袋子里装青菜菠菜，那个袋子里装年糕肉丸子。姐姐戏称我每次回家，都是鬼子进村，大扫荡了。的确有点像。母亲恨不得把她自己，也塞到袋子里，让我带回城，好事无巨细地把我照顾好。

这次回家，母亲也是高兴的，围在我们身边转半天，看着这个笑，看着那个笑。我们的孩子，一齐叫她外婆，她不知怎么应答才好。摸摸这个的手，抚抚那个的脸。这是多么灿烂热闹的场景啊，它把一切的困厄苦痛，全都掩藏得不见影踪。母亲的笑，便一直挂在脸上，像窗花贴在窗上。母亲突然想起什么似的说：

"我要到地里挑青菜了。"却因找一把小锹，屋里屋外乱转了一通，最后在窗台边找到它。姐姐说："妈老了。"

妈真的老了吗？我们顺着姐姐的目光，一齐看过去。母亲在阳光下发愣，"我要做什么的？哦，挑青菜呢。"母亲自言自语。背影看起来，真小啊，小得像一枚皱褶的核桃。

厨房里，动静不像往年大，有些静悄悄。母亲在切芋头，切几刀，停一下，仿佛被什么绊住了思绪。她抬头愣愣看着一处，复又低头切起来。我跳进厨房要帮忙，母亲慌了，拦住，连连说："快出去，别弄脏你的衣裳。"我看看身上，银色外套，银色毛领子，的确是不经脏的。

我继续坐到屋前晒太阳。阳光无限好，仿佛还是昔时的模样，温暖，无忧。却又不同了，因为我们都不是昔时的那一个了，一些现实无法回避：祖父卧床不起已好些时日，大小便失禁，床前照料之人，只有母亲。大冬天里，母亲双手浸在冰冷的河水里，给祖父洗弄脏的被褥。姐姐的孩子，好好的突然患了眼疾，视力急剧下降，去医院检查，竟是严重的青光眼。母亲愁得夜不成眠，逢人便问，孩子没了眼睛咋办呢？都快问成祥林嫂了。弟弟婚姻破裂，一个人形只影单地晃来晃去，母亲当着人面落泪不止，她不知道拿她这个儿子怎么办。母亲自己，也是多病多难的，贫血，多眩晕。手有严重的风湿性关节炎，疼痛，指头已伸不直了。家里家外，却少不了她那双手的操劳。

我再进厨房，钟已敲过十二点了。太阳当头照，我的孩子嚷饿，我去看饭熟了没。母亲竟还在切芋头，旁边的篮子里，晾着洗好的青菜。锅灶却是冷的。母亲昔日的利落，已消失殆尽。看到我，她恍然惊醒过来，异常歉意地说："乖乖，饿了吧？饭就快好了。"这一说，差点把我的泪说出来。我说："妈，还是我来吧。"我麻利地清洗锅盆，炒菜烧汤煮饭，母亲在一边看着，没再阻拦。

回城的时候，我第一次没大包小包地往回带东西，连一片菜叶子也没带。母亲内疚得无以复加，她的脸，贴着我的车窗，反反复复地说："乖乖，让你空着手啊，让你空着手啊。"我背过脸去，说："妈，城里什么都有的。"我怕我的泪，会抑制不住掉下来。以前我总以为，青山青，绿水长，我的母亲，永远是母亲，永远有着饱满的爱，供我们吮吸。而事实上，不是这样的，母亲犹如一棵老了的树，在不知不觉中，它掉叶了，它光秃秃了，连轻如羽毛的阳光，它也扛不住了。

我的母亲，终于爱到无力。

六只柿子

家里的晚秋蚕养完了，父亲计划着进城来玩玩。

给你妈买双皮鞋，我自己也买件衣服，父亲说。卖了蚕茧，父亲的语气里透着奢侈的喜悦。父亲电话里问，柿子熟了，想不想吃？我说想。也只是随便说说。街上的水果一茬接一茬，桃子走了有鸭梨，鸭梨走了有葡萄，现在苹果橙子也已大量上市了。还有北方的大枣，被山东汉子用小推车推着，满街叫卖，说是甜如蜜糖，脆如雪梨。尝一颗，果真是。这些水果，都比柿子好吃。

但父亲却把我的话当真了，很认真地给我挑了六只柿子，扛着沉沉的米袋子上路了。米袋子里，是新脱粒的新米，家中田里自个儿长的。他说要送来给我尝尝鲜。

父亲途中转了两次车，走了很远的路，才到达我家。父亲就那样扛着米袋子，上上下下。又扛着米袋子，走过长长的街道。在川流的人群里，左冲右突。有汗珠子滚下来吗？我不知道。因为父亲到我家时，我还在上班。等我回到家，米袋子已立在客厅里了，六只红红的柿子，跟可爱的小灯笼似的，在餐桌上闪亮。

父亲坐在沙发上，极享受地看着电视。看到我回家，父亲说，累了吧？瞧，你爱吃的柿子。他指指桌上，而后带着万分歉意地说，人老了，没力气了，再多，就拎不动了，只能挑了六只带来。我的眼光，落到父亲的头上。那里，发已稀疏，几乎看不见黑的了。记忆里相貌堂堂黑发飞扬的父亲，如今，真的成了一个老人了。

父亲不知我心里的感伤，他兀自高兴地向我絮絮叨叨：家里的水稻收了。蚕茧卖了好价钱。圈里的猪也又肥又大，很快能卖了。还养了两只小羊。你喜欢的那只猫，生了小猫了，却不归家，把些小猫衔得藏东藏西的，生怕哪个去捉了它的儿。父亲说到这里，呵呵笑起来，满足又欢喜。

下午，你有空吗？叨叨一阵后，父亲忽然问我。

我想了想，点点头。父亲很高兴，说，下午你陪我到街上去帮你妈买双皮鞋，她苦了一辈子，都没穿过好鞋子，这次蚕茧卖了好价钱，我要好好奖励一下她。

我跟他逗趣，你真的有钱？父亲拍拍口袋，语气自豪得不得了，他说，你可别小瞧我，钱我有的是。你看，父亲掏出一把来，零碎的票子一堆儿，看上去，不过几百块，父亲却像坐拥了座金山似的。

我鼻子突然无来由地发酸，我转身去吃柿子，装着万分欢喜的样子。父亲在一边看着乐，他很得意地说，这是我和你妈挑了又挑的呢，我们拣了最大最红的，路上怕被东西撞破了，就把它们护在韭菜里，拎在手上。一路上，我一直袋子不离手的。你看，它们的皮，一点儿也没破吧？

的确是，它们薄薄的皮，撑着饱满的果肉，像幼孩的皮肤，吹弹即破，却硬是连一点儿皱褶也没有。

想大街上南来北往的人群里，父亲佝偻着腰，扛着沉沉的米袋子，一边却要护着手里的方便袋。没有谁知道，他手里小心护着的，不过是六只柿子，带给他女儿吃的。

掌心化雪

那个时候，她家里真穷，父亲因病离世，母亲下岗，一个家，风雨飘摇。

大冬天里，雪花飘得紧密。她很想要一件暖和的羽绒服，把自己裹在里面。可是看看母亲愁苦的脸，她把这个欲望，压进肚子里。她穿着已洗得单薄的旧棉衣去上学，一路上冻得瑟瑟。她想起安徒生的童话《卖火柴的小女孩》，她想，若是她也有一把可供燃烧的火柴，该多好啊。她实在太冷了。

拐过校园那棵粗大的梧桐树，一树银花，映着一个琼楼玉宇的世界。她呆呆站着看，世界是美好的，寒冷却钻肌入骨。突然，年轻的语文老师迎面而来，看到她，微微一愣，问："这么冷的天，你怎么穿得这么少？瞧，你的嘴唇，都冻得发紫了。"

她慌张地答："不冷。"转身落荒而逃，逃离的身影，歪歪扭扭。她是个自尊的孩子，她实在怕人窥见她衣服背后的贫穷。

语文课，她拿出课本来，准备做笔记。语文老师突然宣布："这节课我们来个景物描写竞赛，就写外面的雪。有丰厚的奖品等着你们哦。"

教室里炸了锅，同学们兴奋得喳喳喳，奖品刺激着大家的神经，私下猜测，会是什么呢？

很快，同学们都写好了，每个人都穷尽自己的好词好语。她也写了，却写得索然，她写道："雪是美的，也是冷的。"她没想过得奖，她认为那是很遥远的事，因为她的成绩一直不引人注目。加上家境贫寒，她要多自尊，就有多自卑，她把自己封闭成孤立的世界。

改天，作文发下来，她意外地看到，语文老师在她的作文后面批了一句话："雪在掌心，会悄悄融化成暖暖的水的。"这话带着温度，让她为之一暖。令她更为惊讶的是，竞赛中，她竟得了一等奖。一等奖仅仅一个，后面有两个二等奖，三个三等奖。

奖品搬上讲台，一等奖的奖品是漂亮的帽子和围巾，还有一双厚厚的棉手套。二等奖的奖品是围巾。三等奖的奖品是手套。

在热烈的掌声中，她绯红着脸，从语文老师手里领取了她的奖品。她觉得心中某个角落的雪，静悄悄地融了，湿润润的，暖了心。那个冬天，她戴着那顶帽子，裹着那条大围巾，戴着那副棉手套，严寒再也没有侵袭过她。她安然地度过了一个冬天，一直到春暖花开。

后来，她读大学了，她毕业工作了。她有了足够的钱，可以宽裕地享受生活。朋友们邀她去旅游，她不去，却一次一次往福利院跑，带了礼物去。她不像别的人，到了那里，把礼物丢下就完事，而是把孩子们召集起来，温柔地对孩子们说："来，宝贝们，我们来做个游戏。"

她的游戏，花样百出，有时猜谜语，有时背唐诗，有时算数术，有时捉迷藏。在游戏中胜出的孩子，会得到她的奖品——衣服、鞋子、书本等，都是孩子们正需要的。她让他们感到，那不是施舍，而是他们应得的奖励。温暖便如掌心化雪，悄悄融入孩子们卑微的心灵。

流年

蟋蟀在堂，岁聿在莫。今我不乐，日月其除。

无已大康，职思其居。好乐无荒，良士瞿瞿。

蟋蟀在堂，岁聿其逝。今我不乐，日月其迈。

无已大康，职思其外。好乐无荒，良士蹶蹶。

蟋蟀在堂，役车其休。今我不乐，日月其慆。

无已大康，职思其忧。好乐无荒，良士休休。

——《诗经·唐风·蟋蟀》

炎夏过去，天气一天一天转凉，蓬勃的生命，开始绵软下来。叶开始黄了，花开始谢了，天空变得苍茫起来。

秋来了。

怕冷的蟋蟀，率先跑进人家的屋子里，寻求温暖与庇护。"蟋蟀在堂，岁聿在莫"，还没留意啊，岁月，不知不觉就走过它的繁华盛世，惊回首，已是秋风起，满地黄花堆积。

这人，独自坐在夕阳下，暮霭笼起。"役车其休"，农人们辛苦劳作了大半年的牛车，终于歇下来。土地也该松一口气了。四野寂静，是喧闹过后的宁静。看不清这人的面目，只有一个模糊的影子，伶仃的一片叶子似的，有些孤独，有些忧郁。像某些时候的你我。季节已晚，谁把流年暗偷换？他坐在这个秋天，坐在一片暮色里，伤秋了。许多的事，尚未来得及做。许多的景，尚未来得及看。许多的人，尚未来得及爱。"日月其除"、"日月其迈"、"日月其慆"——时光，已轻轻滑过去了。

一些如落花般的叹息，从日子深处浮上来。祖母的。祖母坐在檐下择菜。要过年了，我们小孩子，多快乐啊，整天脚不沾地跑啊跳啊。一会儿过来问她一下，还有多长时间就到新年？那代表我们可以穿新衣，吃肉丸子，看舞龙灯，走东家串西家地疯玩。

祖母说，快了快了。我们转身快乐地叫，哦，快了快了。背后却传来祖母幽幽的怨，日子咋这么快呢，咋又过年呢？年幼的心，哪里懂得祖母的叹息，只觉得不可理解，过年多好啊，她咋不高兴呢？那边有小伙伴在召唤，我们跑过去，随即就把祖母的叹息给忘了。

外婆的叹息，则是不露痕迹的。那个时候，她已衰老干瘦得像枚核桃。我去看她，带了儿子。当着我儿子的面，外婆还叫我乳名，还一口一个乖乖地宠我。我说，外婆，我儿子都这么大了，我老了。外婆伸手，把我的手，握在她掌中，一遍一遍抚，笑说，乖乖，你哪里老，你还是个嫩芽呢。她树根般的手指，拨弄得我心疼。我恍然惊觉，岁月，已悄悄地，让一个女孩变成母亲，变成外婆，变成太婆。最后，化作一缕轻烟，飘散。——这是无法逆转的事实。

蒋捷在异乡的阁楼上叹：流光容易把人抛，红了樱桃，绿了芭蕉。——樱桃红也红了，芭蕉绿也绿了，怕只怕，一回头，全是虚空。大半辈子稀里糊涂地过，青春的梦，尚未盛放，就谢了。这才是真的可悲。

所以，这人在感叹时光易逝之余，反观自己平淡的一生，劝勉开来："无已大康，职思其居。好乐无荒，良士瞿瞿。"意思是，好年华原是经不起挥霍的，要做好你自己想做的事，不要因贪玩而荒废了好时光，有识之人，都很警惕的。

流年宛转，时光的小手，我们谁也搁不住。面对易逝的时光，我们能做的，唯有珍惜，不荒废，好好过。而在这方面，我还是特别欣赏因纽特人的生活态度，把一天当作一辈子。面对时间的流逝，他们不悲哀不叹息，该干吗干吗。而当每天清晨，他们睁开眼睛，看到又一轮太阳升起，他们都要发出这样的欢呼，我又重生了！

是的，又重生了。流年暗换，原是为了重生。

桃红

颜色家族里,桃红算得上出挑的。《红楼梦》里有松花配桃红,是宝玉赞赏的娇艳。刘姥姥初见凤姐,凤姐身上穿的就是一件桃红撒花袄。这里的桃红,有贵族气。

都说桃红是桃花的颜色。陈红唱的《小桃红》里,有"醉倚桃红"之句,就是倚着一树开好的桃花。而我却以为,桃红的颜色,是熟透了的桃的颜色,红彤彤水盈盈,有点酸,有点甜,有点艳,有点暖,是好女子历练成精了。

是的,桃是水果中成了仙的。小时家里墙上,贴一幅《五女献寿图》,五个如花女子,一律穿了桃红的衫,双手捧着雕花托盘,托盘上,放着红得艳粉粉的桃。祖母说,那是仙桃啊。孙悟空偷吃了王母娘娘的仙桃,为他日后被压山下五百年埋下祸根——桃原是这样的诱惑人。

桃是我记忆里,最初触摸到的甜蜜。那时乡下,长桃的人家不多,也就那么三五户,屋前屋后,随意长着那么一棵桃。这样的人家,成了孩子们眼中的圣地。说它是圣地,一点儿也不夸张,我们总是怀着无限崇拜向往的心，远远望着那棵桃树，从长叶，到开花，从开花，到结出桃子，再到桃子成熟。连带那户人家的房，那户人家的人，那户人家的小狗小猫，在我们眼里，都成了不一般。

少时的梦想，就是这样没出息得很，希望长大了能嫁到这户长桃的人家去，可以天天吃桃。那时，简单的欲求，简单的心，有阳光三两点，日日有桃可吃就是好日子了。我们为向往中的好日子，认真地许诺，认真地快乐。

到了爱美的年纪，突然喜欢上桃红的衣和物。女同学里，有家境好的，很奢侈地围一款桃红的围巾。校园内有小河，河边有垂柳，河上搭一石头小桥，她从小桥那头过来，头上垂下无数根绿的柳条，脖上的桃红围巾，被风吹得飘起来，映着她的粉脸红唇。天哪，那样的柳绿和桃红，那样水葱样的小人儿，怎一个惊心动魄了得！那幅画面，长长久久留存在我的记忆里，不能忘。现在想想，我青春里，最仰慕的颜色，当数桃红了。

也常见用桃红来做女子的名的。叫这名字的女子，多半出身卑微，然又是极聪明伶俐，又顽强坚韧的。她靠着她的聪明坚韧出人头地，就像一树桃花，风雨历练，终成桃。

我就认识这么一位叫桃红的女子，从小家境苦寒，父聋母哑。她没有被生活的苦难打败，而是笑对人生，从捡拾垃圾起，一步一步，走上创业之路。现而今，在一个中等城市，她已拥有十几家连锁超市，成了熠熠闪光的创业明星。我想，人生若得了桃红作底子，倒是另有一种明媚在里头。

　　现在风靡全世界的酒里，也有一款叫桃红的，以普罗旺斯的桃红酒最为出名。不用喝，单单想想这名，就很醉人了。透明的杯子里，晃动着一波桃红，日子里的暖与好，一点一点由口入心。面对这样的酒，只有敬重，不敢轻慢。

谦谦君子

一

他躺在床上，盖一床旧的棉布花被，花被上盛开着大红的牡丹。年代久了，牡丹的大红色，已显黯淡。这让我有些恻然，他是那么一个讲究格调的人，盖这样的被子，怕是有违他的意愿。再一想，他亦是个旧式的人，遵守着旧式礼法，有谦谦君子之风。那些消失掉的古朴寻常，也许正是他所坚守的。遂稍稍心安。

房间向阳。天气晴暖，都听得见春天在窗外走动的声音了。我在来时的路上，看到一两枝小黄花，挣脱人家的铁栅栏，探出半张脸来。是早开的迎春花。野鹦鹉也出来唱歌了，还有画眉和黄鹂鸟。

春天真的来了，他却看不到这个春天了。

师母说，他已六天粒米未进。昨夜哼哼了一夜，哼得人心里揪揪的。他这里，都烂了肿了。师母抚抚腹部，轻声告诉我。

肺癌。医生曾说,他至多只能再活三个年头,他却硬撑了五个年头。精神气好的时候,他坐在阳台上,翻从前的学生录,和毕业照。也翻一些学生的来信,看得都能倒背如流了。教室里,一届一届的学生,哪些人坐哪个位置,他都记得。

他常念叨你,常指着报纸上你的文章跟我说,那个女孩好啊,吃得了苦,从乡下步行几十里路,到街上来上学。

他说你不大爱说话,说你用功,别人在玩耍,你一个人跑去学校门口的河边,把书读。

他托人打听过你。还一直发着狠说,要去找你。

他把你发表在报纸上的文章,都给剪下来,收着了。

你看,八十多岁的师母说到这儿,拉开床边五斗橱的一个抽屉,让我看。满满一抽屉,都是我文章的剪报。

师母又拉开另外一些抽屉给我看,这个放着一届一届的学生录和毕业照,那个放着天南地北的学生写来的信。

他呀,把这些看得像他的命根子。师母看着躺在床上的他,泪在眼眶里打转。而他,早已陷入半昏迷状态。整个人看上去,像薄薄的一张纸,那么轻,那么小。

二

他教我们的时候,六十好几了。本已退休在家,安享晚年的,但因学校缺语文老师,他就又回到学校。

他见人一脸笑，没有老师的威严，一点儿也没有。没有一个学生怕他，当面背后，都称他，老头子。有时至多在老头子前面，加上他的姓，陈。陈老头子，——我们这么叫。他也不恼，看见我们，依旧笑眯眯的，和蔼温和。

他家住老街上。一条青石板铺成的巷道，小蛇般的，蜿蜒在老街上。两边各一排黛瓦房，都是木板门、木格窗。他住在其中一幢黛瓦房里，小门小户的，外表看上去，跟其他人家别无二致，内里的摆设却大不相同。有一两回，下了晚自习，我伴着住在老街上的同学回家，走过他家门口，看到有灯光映着木格窗，像水粉洇在宣纸上。我们趴在木格窗上，朝里张望，看到满屋的字画。一排书架倚墙而摆，满满当当的，全是书。灯光昏黄，他在那昏黄的灯光下，泼墨挥毫。窗台边，一只肚大颈长的白瓷花瓶，里头插菊，静静开。

他的毛笔字写得好，那时我们并不觉得。也是到多年后，听人提起，表示敬仰，说，那个陈老先生啊，毛笔字可是当年老街上的一绝，笔力深厚浑圆，一般的书法家远远不及。

他对诗词歌赋也颇有研究，会写古诗。他有时写了，念给我们听，我们也不觉得好。也是到多年后，听人提起，人表示仰视，说，那个陈老先生啊，写得一手好的古体诗，才华非凡。

他还唱得一口京剧，铿铿锵锵，中气十足。学校搞元旦文艺会演，他上台唱，听得我们忘了他的年纪，只拿他当英俊少年郎。我们在台下，拍得巴掌红。

他的课上得不算好，话语碎碎的，往往一句话，要重三倒四讲好多遍。教案被他圈得密密麻麻，我们看起来都吃劲得很，何况他。所以，上课时，他都是把教案凑到鼻子底下去，与其说是"看"，莫若说是"闻"更贴切。他"闻"着一本一本的教案，讲读"予独爱莲之出淤泥而不染，濯清涟而不妖，中通外直，不蔓不枝，香远益清，亭亭净植，可远观而不可亵玩焉""三五之夜，明月半墙，桂影斑驳，风移影动，珊珊可爱"……

我们都喜欢上他的课，因为，不用端庄严肃，不用假装听话。我们想到什么问题，尽可以站起来问，也可以在课堂底下随便讨论。不高兴听讲了，还可以看看课外闲书。我有好多的课外书，都是在他的语文课上读完的。他不反对，甚至是支持的。要多读书啊，他拿我做榜样，鼓励全班学生读闲书。

老头子人好，这是我们的共同评价。没有人怀疑这一点。

三

他姓陈，名光涛，是老街上出了名的谦谦君子。整天一件藏蓝色中山装，风纪扣一直扣到脖子上。个子中等，清瘦着，待人接物，礼数周全。三岁小娃娃跟他说话，他也是认真庄严地听，认真庄严地回答，一双小眼睛，在玳瑁边框的镜片后，闪闪烁烁。我那时觉得，他那双眼睛特像星星。这比喻一点儿也不特别，但我心里，就是这么想着的。那时，每每夜晚抬头看到星星，很自然地，我会想到他的眼睛。

他走路腰杆笔直，却又时常要弯下腰来，路上掉的纸屑、烟头、石子、碎玻璃啥的，他都一一捡起来。他走过的一路，身后必是干净的。

他爱喝茶。办公桌上，一把紫砂壶里，终日泡着茶。他有滋有味地呷上一口，在我的作文后写评语：只要持之以恒，他日必有辉煌。

他不知道，他随手写下的这句话，是闪着金光的。它照耀了我这么多年，在我想妥协的时候，在我想懈怠的时候。

偶一次，我大起胆来，跑去他家问他借书。他笑眯眯迎我进去，满架的书，任我挑。等我抱着一怀抱的书，跟他告别，他竟送我出来，一直把我送到巷子口。

他不知道，他的这一举动，对我的影响多么大。乡下孩子，家境清寒，自卑是烙在骨头里的，我走路都是低着头的。他的尊重，让我有了做人的尊严华贵，我原来，也是可以昂着头走路的。

四

我受过他的恩惠，一本新华字典。

那时，我是买不起那样的"大部头"的。

他送我一本，说是奖励我的作文写得好。

我以为是真的，心安理得地收下，自个儿觉得挺自豪的。

毕业多年后，当年的同学遇到，聊起他，我这才知道，当年他的"奖励"，只是一个幌子。他通过这样的"幌子"，奖励过不少家境困难的孩子。有同学的学费是他"奖励"的；有同学的饭钱是他"奖励"的；有同学的文具用品是他"奖励"的。

他送走过四五十届学生。到底有多少人受过他的恩惠？怕是数也数不清了。我们记着他的好，并尽量使自己变得好起来。他播下的善良，恰似蒲公英的种子，被带到四面八方去，生长出更多的善良，温暖着更多的人。

他分散在世界各地的学生，正风尘仆仆地往他这边赶。师母红着眼睛说，谢谢你们，没有把我家老头子忘掉。这句话，勾出我的泪。我俯身叫他，陈老师，陈老师。师母也帮着叫，老头子，老头子，你知道谁来看你了吗？是你一直念叨的那个女孩呀，是丁立梅呀。

听到我的名字，他似乎有了反应，紧闭着的双眼，微微睁开一条缝，盯着我打量、打量，复又合上，——他实在，没有力气了。

我多么后悔我的迟来。

我给他挑了上等的龙井带来，可是，他却再不能喝到了。

黑暗之中

　　小区停电，是偶发事件。事前一点预兆也没有，家家户户都是灯火辉煌的。从没有拉上窗帘的窗户里，可以看到男人女人的影，在屋子里快活地走动。说话，看电视，拿物什……活着，就是这样的生动，一天一天的。

　　突然间就停电了，听得女人们几许惊讶的"啊"的呼叫，复后，小区陡地陷入宁静。如同置身于一座荒岛之中。

　　那个时候，我正在电脑前敲字，啪的一声，电脑变成黑屏，所有的文字，转瞬之间，消失在黑暗之中，成了没有灵魂的影子。

　　家里没有可以用来照明的东西。蜡烛也没有。商店里仍有蜡烛卖，价钱不便宜，它已不是供照明所用，而是用来浪漫的。亦不是传统的圆柱形的白蜡烛或红蜡烛了，而是设计得相当完美的工艺品。我曾在元旦时得到朋友赠送的这样一个蜡烛，我之所以称它"个"而不称"支"，是因为它是装在一个水晶瓶里的，水晶瓶的内壁上散落着一圈桃花瓣儿，是镶嵌在玻璃内的。蜡烛点亮的时候，那些花瓣儿仿佛在游动，小金鱼似的。

朋友说，晚上点亮，对着它品茗，是极温馨的了。

我笑笑。想当初青春时节，有这样浪漫的心，却相遇不到陪我一起浪漫的人。而现在，纵然有这样的人陪我，自己早已失却了这样一颗浪漫的心了。这就是人世间的阴错阳差吧？年华似水，它总是不知不觉在消磨着什么。人生起落，岁月沉静，再多的恩爱情仇，也终会烟消云散。

那个蜡烛，我后来再没点亮，它搁在我的办公桌上很久。一天同事带她的小女儿到我办公室来，小孩子看到我桌上那个水晶瓶儿，小眼睛一下子亮如星星。我随手送了她。孩子喜得一个劲儿说谢谢阿姨，珍珍爱爱地捧在手心里。孩子是欢愉的，她心底的欢乐，总也燃不尽。我相信，她会让蜡烛的光芒，一直燃到记忆的尽头。

我的记忆跟着浮上来，在黑暗里。那个时候，小着呢，茅草房里，四代同堂：太婆，祖母，父亲母亲，还有我们兄妹四个。一家人，围坐在煤油灯下，屋子里总能照出一方昏黄的温暖。应该是七八点钟的光景吧，吃罢晚饭了，身上弥漫着玉米稀饭所特有的香甜味儿，我开始摊开田字格的练习本，煞有介事地在灯下写字了。也不过才读小学一年级啊，所识字不多，听得见成长的声音，在纸上欢快地呼呼啦啦。三个女人的头挨到我边上看我写字，太婆、祖母、母亲。三个女人都不识字，却都齐齐夸我，梅丫头的字写得好呢，瞧，小手握笔握得多直啊。我立即神采飞扬起来，小脸在昏黄的灯光里，激动得通红通红了。

而今，夸我的三个女人中，太婆老早就走了，坟上的草青了黄，黄了又青。祖母也已离去。母亲亦老了，像只守家的老猫，在屋檐下忙着转着。但动作明显的迟缓了不利落了。终有一天，那个在我记忆里千转万回的老家，它会变成一片废墟，在岁月的深处，我们谁也顾不了谁。因为我们都将老去。

　　一滴泪，掉落在我的臂弯里。

　　一个独自远在大西北做工的朋友，某一天夜里，给我打电话。开口一句就是，梅子啊，我不得安宁。那时我坐在一片灯火辉煌里，不觉得那话的分量。只是诧异地问，怎么了？他断续地说，黑暗……一个人的黑暗啊，无边无际。

　　无法安慰，只有倾听了。隔了遥遥的距离，我听见他的哭泣。男人的泪——黑夜里的孤寂。这世上，总有些沉重，有时要超出我们的承受能力。但我们，总要活下去的是不是？好好地活下去，活到光明到来的那一天，活到希望到来的那一天。

　　他笑了。

　　我亦笑。人都有万分软弱的时候。那个时候，我们需要的，不过是借一个肩膀，依靠依靠，而后，好再次上路。

　　突然想起张爱玲来，黑暗里，她念着想着那个负心的胡兰成，终忍不住，千里去浙江寻夫。但他的身边，早已有了其他女人。十几天的等待，没有结果，她不得不从温州一路跌跌撞撞而归。走的那天细雨霏霏，她站在船舷边，回望过去，隔着灰灰的阴雨，仿佛有一只鸟在天涯叫着，凄清的一两声。她的泪，泫然而下。

这个很硬的女子，这个从不轻易落泪的女子，因情，却也糊涂不堪，乃至最后枯萎。无数的黑暗里，她独饮眼泪。局外人都知道这是多么的不值，都知道。唯她一个人迷糊着。这是没办法的事，爱就爱了，没办法了。

亦想起看过的一个徽州女人的故事，还没出嫁呢，她所要嫁的男人却突然害病死了。这个女人，竟为他守了一辈子的寡。长夜难度，她把一罐一罐的铜钱倒到地上，然后在黑暗里，再摸索着慢慢把它们捡起来。她因此而赢得一块贞节牌坊。

她是在黑夜里老去的一朵花，是一滴黑色的眼泪，永远滴落在历史的页面上，让后来的女人们痛着，庆幸着。后来的女人，再多的恩怨纠缠，总也有个具体的对象，痛也痛得具体，恨也恨得具体。就像张爱玲，虽被情伤得千疮百孔，但比起那个徽州女人来说，到底是幸福到百倍千倍去了。

爱有所指是幸福的。有时，恨有所指，未尝不是一种幸福。

我们就这样在爱恨交织中，过着我们的日子。

屋顶上突然滑过一阵响动，侧耳听去，是两只猫，在我的屋顶上缠绵。这边叫一声，那边回应一声。它们把静的夜，搅动出温度来。风吹过窗帘，如花影飘摇。电仍没来，我安静地抱臂等待着。

Chapter 02

桃花时光

　　几个女孩携手而来。她们不嫌花少，倚着一树的花，旁若无人地摆出各种姿态拍照。青春的脸上，飞扬着明媚活泼的笑，怎么看都是好看。我站定看她们，想着，这是她们的桃花时光呢，多年后，会记得吧。

少年事

紧靠着戴庄学校的，是用围墙圈起来的苗圃，足有五六十亩地，里面有房屋一幢幢，是苗圃的职工们住的。那些职工和当地农民有很大区别，他们是城镇户口，拿工资，吃供应粮，用炭炉子烧饭吃。

谢的家，就住在苗圃里面。

谢是个羞涩的小男生，瘦长脸，白净，五官生得小巧，喜欢脸红，有些像女孩子。我不知怎么跟谢走得很近了。苗圃里新近有什么花开，谢都跑来告诉我。我和另两个女生，就跟着谢过去看。我在那里认识了很多花，像月季，紫薇，虞美人，蔷薇，山茶花，等等。谢还帮我偷拔过两棵月季，手上被扎上刺，我拿大头针挑了半天，才给挑出来了。那两棵月季，一棵开艳黄的花，一棵开水粉的花，我带回去，我爷爷给栽在家门口，一开就是几十年。

这年桃花开了，谢中午来上学，神秘兮兮地告诉我："苗圃里来了个照相的。"那年代，照相是件稀罕的事。偶尔的，老街上照相馆的师傅，背着照相器材下乡来，家家户户闻知，都要盛装出门。

我当下心痒，怂恿了几个女生，跟谢逃了课去照相。谢把他妈系的红丝巾偷出来，给我们做道具用。一条红丝巾从这个手里，转到那个手里，我们站在一树的桃花前，笑，笑得山花烂漫。

那天回到学校，班主任站在讲台前，冲我们发了很大的火，把他头上的帽子一摔多远。放学时，我们被留下来写检查。我们一点也不难过，边写边互相偷笑，心里想着桃花和红丝巾，不知道有多美的。

照片拿到手，却有点意外，一树的桃花，只成了一抹灰白的斑点。红丝巾也是，只是一抹飘过的淡淡的影子。唯我们的笑脸很灿烂，成了黑白中的明艳。

徐、刘、仲、夏，是我们班的四大金刚。

这四个人，出入都在一起，好像穿着连体裤。

那时盛行成立帮派，都是一帮社会小青年，才从禁锢中解放出来，胳膊腿舒展得没地方搁了，就思量着寻些什么事儿，来打发旺盛的精力。他们成立了什么蝴蝶帮青龙帮的，搞得很江湖。徐、刘、仲、夏这四个少年，也跟着模仿，自立山头，称四大金刚。

四大金刚被老师找去训话。他们又打架了。他们又损坏公物了。他们又逃课了。他们又不交作业了。——他们摊上的事儿，总是很多。有时，有些坏事未必就是他们干的，但也被栽赃到他们头上。他们不辩解，嬉皮笑脸着，不把老师的训话放心上。

也没见过他们有多恶。但恶名在外，这是没办法的事，大家远远看见他们来了，都避开去，躲瘟神一样的。

那时，学校的宿舍紧张，教室里也给安排了床位，上下铺，两张架子床，靠教室后墙放。四大金刚离家远，住宿，就睡在这样的架子床上。文静的小男生谢，常被人欺负，四大金刚出面帮他摆平，谢也就跟他们慢慢走近了，像条小尾巴似的。我跟谢的关系不错，自然的，他们也跟我混熟了，对我一向客客气气。

那天放学，谢悄悄跟我耳语，说："晚上我们在教室里吃烧烤，你要不要参加？"

烧烤？这个我不陌生，我从小就烤过玉米烤过土豆烤过山芋烤过蚕豆啥的，只是在教室里，就我们几个少年一起吃，这还是第一次，很新颖很刺激。我动心了。

放学后，我留了下来，跟着谢去苗圃，在里面游荡，单等着天黑下来。四大金刚趁这个机会准备食材，到人家地里拔了些蔬菜，还到人家鸡窝里偷了几只鸡蛋。本想抓一只鸡的，但不会宰杀，作罢。谢潜回家里偷出一瓶白酒，还用报纸包来两条小熏鱼，天也就黑下来了。

四大金刚不知从哪里弄来一盏酒精灯，火太小，烤的蔬菜，都是半生不熟的。四大金刚又去捡来柴火，在教室的空地上点燃，我们围着一小堆火，无盐无油的食物，竟也是那么的香。我们一人喝一口酒，呛得不行，小脸却兴奋得红彤彤的。

第二天，此事被整个学校知道了。原因出在那浓烈的烧烤味道上，教室里的灰烬虽被清扫干净，可烟火气息却久久不散。这还得了，校长都出动了。我爸被叫到学校来，把我好一顿教育。我爸跟校长是小学同学，看在这一层关系上，我是作为失足少年被挽救的。谢的父母是苗圃职工，也是有面子的，谢的处罚，也给免了。四大金刚就没这么幸运了，他们背上处分，在全校师生大会上作检查，差点被开除。

我后来没再跟四大金刚有过交集，我做着好学生。他们也不来招惹我，遇见了，也只是深深地看我一眼。

四大金刚到底没挨到毕业，后来他们又犯了什么事，被学校勒令退学了。若干年后，他们中的一人为孩子上学读书的事，找到我。他说他是夏，当年四大金刚中的夏。他站在我跟前，搓着手，很羞赧，与当年的桀骜不驯判若两人。问起其他几个人，他告诉我，都混得不错。一个混成了包工头。一个混成了房地产老总。一个竟创办了一家私立幼儿园，办起教育来。我问："那你呢？"他搓着手嘿嘿嘿地笑，最后说："一般，一般，我办了家小厂子，手下才几百个员工。"

少年时代，总要遇到这样几个"不良"少年，他们不爱学习，调皮捣蛋却数第一。他们歪戴着帽子，衣衫不扣扣子，浑身像长满角，喜欢挑战，好打抱不平。他们蔑视规章和制度，学着抽烟、喝酒，他们其实只是等不及长大，想用这一些，来扮演成熟。

初三时，班里转来一个女生，叫蕾。父亲是在徐州煤矿做事的，她原是跟父亲在徐州读书，算是见过世面的人。

　　蕾的打扮很洋气，头发微微卷着，扎了两只小辫子，辫梢上缠着粉色的蝴蝶结。蕾的人长得圆润，莹白。年轻的语文老师，把她打量了又打量，那眼神里，是对美的欣赏。他把她安排在教室第一排，我们看向黑板的时候，目光总要在她的身上，落了又落。

　　我当时跟一个叫贞的女生同桌，贞是班长，我是学习班委，我和贞的关系一直不错。蕾不知从什么时候起，加入到我们中间来，我们成了形影不离的三个人。一天，三个女生想学古人义结金兰，拜天拜地好像都行不通，我们一合计，去老街上的照相馆拍张合影吧。

　　也就去了。借了自行车，一人一辆骑着。一路骑，一路说着傻话，诸如我们要永远这样好下去之类的。是秋天，白日清朗，田园安静。

　　照相馆提供了一束塑料花，给我们作摆设。我和贞坐着，蕾站在我们身后，一手搁在贞的肩上，一手搁在我的肩上。那束塑料花，被我捧在手上，搁在了我和贞的胸前。照相师傅朝我们竖着一只手，在照相机的黑匣子后，发出信号："一、二、三、笑！"我们就一齐笑了。

　　照片取回来，上面三个小女生，都美得跟一团花似的。我们把照片放在文具盒里，被语文老师看见，他拿起照片，细细端详，赞赏道："拍得真不错。"又问我，"你是怎么化妆的，头发谁给你梳的？很好看的。"

我也只是把两条长辫子卷了起来，他居然用了"化妆"这个词，让我一想起，嘴角就泛起笑意，又幸福又自得。

我的这张照片后来去了哪里，我竟不甚了了。

三个女生却各有各的命运。

我是把书一直读了下去，读到高中，读到大学。出来后，再进校园，一辈子与书为伴。

蕾的成绩一般，前途却不愁，初中毕业后，她就去了徐州，投奔她父亲去了。估计她父亲在煤矿上给找了份工作。

贞的道路就有些曲折坎坷了，在跟我们"义结金兰"后没多久，贞的父亲突然暴病身亡，一个家瞬间倒塌。贞的母亲要贞辍学回家，我们的语文老师惜才，亲自登上贞家的门，去说动贞的母亲，让贞继续留在学校念书。贞的母亲领了五个子女，齐齐跪在语文老师面前，说活不下去了。年轻的语文老师哪见过这阵势，眼圈当即红了，表态，贞以后的学费书费，都由他出。语文老师没有食言，贞后来的学费书费，果真都是他给拿的。我回家说起贞的情况，我爸也极同情，贞中考的考试费用，是由我爸出的。

中考时，贞没考上高中，她去念了一所技校。毕业后，做了一名园艺工，早早嫁了人。

她家的相册里，一直留着我们当年的照片，三个小女生，笑得一团水粉，一束塑料花，搁在胸前。

年轻的语文老师，喜欢带领我们玩一个游戏，那个游戏，叫击鼓传花。

下午上第一课，是最容易让人犯迷糊的，尤其在春暖花开时。瞌睡虫子满身爬，人虽然坐在课堂上，眼皮却在认真地打着架，梦开始神游。语文老师是宽容的，他见我们这样，从不责备，而是很大度地笑了，说："下面，我们玩击鼓传花吧。"

梦立即被打跑了，一张张小脸兴奋起来。桌子很快被围成一圈，贞跑上讲台去，背对着我们，开始击"鼓"。所谓的鼓，也就是一粉笔擦。贞拿在手上敲讲台，嗒嗒嗒，嗒嗒嗒。花是用手绢代替，或就是一本书，随着"鼓"点，这朵"花"被一个人一个人地传下去。鼓声每敲一段时间，会停下来，这时，"花"落在谁跟前，谁就要表演节目。唱歌，说笑话，跳舞，朗诵，都行。实在不会，学几声狗叫，也行。也可以指派别的同学，代你完成节目。——十四五岁的孩子，最有表演欲了，都想"花"落在自己跟前。

那天，"花"落在一姓万的男生跟前。万同学皮肤黑黑的，脸上却嵌着一对水灵灵的大眼睛。他拿起"花"，忸怩了好一会儿，在大家的连声催促下，他突然伸手一指我，说："我要丁立梅代我表演。"

我真是吓了一跳。这个男生，我平日跟他并无往来，话都不曾说过几句，他怎么就赖上我了？我瞪着他。大家起哄，打着拍子叫："丁立梅表演啊，丁立梅快表演啊。"他也热切地望着我，面含笑意，脸却烧红了。

我固执地不肯表演。语文老师出来打圆场，说："等她想好了节目再表演吧，我们接着玩。"贞又敲起"鼓"来，嗒嗒嗒，嗒嗒嗒。

课后，万同学走到我跟前，很委屈地问我："你怎么不表演呢？我这是给你争取机会呢。"我也只是莫明其妙看着他，不明白他为什么这么说。

之后又发生一些事，轮到我值日，清扫教室，万同学帮着清扫。我收全班的作业本子，万同学主动帮我收，并整理齐了。万同学的家里开着小店，卖些小吃食。他带一些吃的来，糖果糕点的，分给贞和蕾，也顺便分给我。他还问贞要我和贞和蕾拍的合影，说我们拍得很好看。

贞在我耳边说，万很好呀。蕾也在我耳边说，万很好呀。我都未曾在意，这么糊涂着，也就毕业了，各奔东西。

一些年后，我才恍然，那是喜欢吧。

裙裾飘舞的夏

冬天。黄昏。太阳像一枚红枣似的，缀在天边。八岁的她，执着成绩报告单的一角往家飞跑。老师说，从明天起就不用上学了，放假了，要过年了。她小小的心，立即激动得想飞出来。她是喜欢过年的呀，不知掰着小指头在被窝里数过多少回了。她想立即把这个好消息告诉母亲，要过年了呢，母亲知不知道呢？

推开院门，一壶水正在炭炉上"咕咕"地泛着热泡泡。母亲坐在一旁的矮凳上，脸上没了平时的笑容，眼睛红红的，像刚哭过。她有些怯怯地走近母亲，给母亲看成绩单。母亲没抬头看她，她就一直把成绩单举着，有些固执地要母亲看，说，妈，老师说我考得好呢。

母亲突然出人意料一抬手，把她推搡了一下，怒道，滚，你们老的小的，没一个好东西！她的身子经意外一推，迅捷向后倒去，碰翻了炭炉上的水壶，一壶滚水，不偏不倚，全淋到她的一条腿上，无数根钢针立时刺进肉里面去了呀，她当即疼得大哭。

吓坏的母亲手忙脚乱给她剥衣服，但衣服粘着皮肉，怎么也剥不下来。最后衣服褪下来，她的一层皮也跟着褪下来了。

过年的气氛越来越浓了，她躺在上海中山医院的病床上，心里面充满绝望。一个八岁孩子的绝望，竟也是深不见底的。她整天不说话，任母亲低声下气跟她说什么，她也不理。父亲来过两回，母亲把病房门关上，不让他进。他们在走廊上吵，吵过之后，母亲回来，眼睛是红肿的。母亲自从她的腿被烫伤后，泪就一直没干过。她只是漠然地看着。

只在每次护士来换药时，她才会发出声音来，是号叫。她叫，阿姨，求求你，我不换药了。整个医院走廊上都充塞着她绝望的哭叫。八岁的孩子，忍受疼痛的毅力毕竟有限啊，每一次换药，都像把她丢进炼狱一次。她听到邻床的老太太站在她床边咂嘴，叹息，摇头说，唉，可怜的孩子，怎么烫成这样？像剥兔子似的。

事后，母亲把外祖母陪嫁的一对金耳环卖了，给她买骨头熬汤喝。她闭紧嘴巴不喝。她看见母亲伤心，心里竟有一丝说不出的痛快。

父亲再没出现过。

母亲一下子衰老了许多，头发里，已隐约有白发出现。

邻床的老太太偶尔会劝母亲两句，劝的话，她不大懂，说什么夫妻床头打架床尾和。母亲只摇头哭，说，他在外面有人了。

她不懂父亲在外面有什么人了，她懒得去理会。

病房外，长有几棵树，很高很高。冬了，树上的叶全落尽了，只剩光秃秃的枝丫，齐刷刷地刺向天空。天空是高而白的，充满忧伤和凄清。

那些绝望的日子，在她长大的记忆里，是刀刻斧削般的。

她的那条腿虽然医好了，但因为多处重新植皮，从上到下，卧着蛇一样突兀的疤痕，紫红的。触目惊心着。

她再也不能穿裙了。

夏天到了，满天空下都流淌着女孩子们的快乐啊，漂亮的裙裾如彩蝶翻飞。她远远地看着，充满艳羡。那条可恨的腿包在长长的裤子里，包得密不透风。有女孩子好奇地问她，干吗不穿裙呀？她说，不喜欢。头也不回地跑，跑到没人处，大哭一场，然后回家，装着什么也没发生。

母亲给她做许多条漂亮的裤子，用蕾丝镶边。她穿上，把蕾丝铰了。母亲叹息，再给她缝上。

在夏季就要过去时，她长裤里的秘密却被同学发现了。那一日，在厕所里，她提裤子时没提住，裤子突然滑了下去。一个女孩子偶一抬头，就看到她的腿，吓得惊叫一声跳开去。从此，再长再漂亮的裤子也不能把她的秘密藏住了。她心里的耻辱，像蚕食桑叶般的，一点一点，蚀了仅存的那点自信。

有孩子给她取了个绰号——瘸子。每当听到他们叫，她会不顾一切冲过去打，最后的结果，被打的孩子的母亲会领着孩子找上她家门来，那孩子脸上多半会有一道一道很深的血痕。她的指甲给抓的。

母亲这时会变得很生气，在说尽好话安抚走了"告状"的人后，母亲手上拿着鸡毛掸子对着她，手举到半空中，却又颓然放下。哭。那一刻，母亲的伤心震撼了她，她有隐隐的悔意，但也只是一刹那。表面上依然强硬得像块石头。

她十四岁那年，母亲认识了一个男人。那个男人个儿高高的，体魄魁梧。跟小巧的母亲站一起，很般配。

男人在一个煤矿工作，每周星期六来。来时，会带很多礼物来，给她的，给母亲的。给她的，她从来不要。母亲却乐滋滋地帮她收下，她不喜欢母亲的那种乐滋滋，所以，她不喜欢那个男人。看到男人来，她就躲在自己的房间里不出来，在一张纸上乱画，画一些房子，还有许多可爱的动物。是她梦中的地方。在那里，应该没有人知道，她有一条残疾的腿吧？她想。

一次，男人又来。男人手上提两个衣服袋子，欣欣喜喜的。抖开，竟是两条漂亮的裙，一条给她的，一条给母亲的。

母亲一边说好看，一边尴尬地笑，忙着收起来。她什么也没说，跑进房间去，啪地关上门。

晚上男人走后，她出来，竟看到母亲在一面穿衣镜前，试裙。母亲脸上有深刻的忧伤。她这才想起，漂亮的母亲，夏天也从不穿裙的。母亲看到她，慌慌地笑，像做了错事似的。

她昂首对母亲说，我不喜欢他，我不想再看见他来。然后，扔下发呆的母亲，重又跑回房间去了。

半夜里，她起床。把沙发上的两条裙，用剪刀铰成一条一条的布条条。而后，才满意地睡了。

第二天，她看到母亲红肿的眼。

那个男人，从此后再没出现。

考大学填志愿时，她执意填了遥远的东北。她想着，离母亲越远越好。

她如愿以偿考上了东北的吉林大学。

那些天，母亲老在半夜里哭，哭声压抑。她听得心里湿湿的，但还是硬着心肠不去理会。

母亲取出所有积蓄，交了她。且帮她准备了许多条裤子，是母亲亲自裁剪的。母亲为了给她做最漂亮的裤，特地去学了裁剪，特地买了缝纫机回来。

走时，母亲要送她去。她不肯，在大门口就作别了。

她站在母亲跟前，也不过是晃眼工夫，从前的小女孩儿，个子已超过母亲了。母亲伸手捋她的额发，千叮万嘱，在学校不要省，要多吃。没钱写信回来，妈再寄。

她什么也没说。回转过身去，泪却从脸上滑下，原以为离了母亲会轻松会开心的，却不知，是加倍的疼痛。

她瞥见母亲的发里面，白的已远远多于黑的了。

母亲老了。

她毕业分配工作那年，打电话回家，告诉母亲，她不回来了，就留在外地工作。

母亲在电话里沉默一会儿，笑，说，只要你高兴，在哪儿工作都行。

她握听筒的手微微抖了一下，她想对母亲说保重啊，但最终什么也没说。

又到夏天了。

她对这个季节很敏感，条件反射似的。像患了关节炎的人，一遇雨天，骨头里就隐约地疼，像蚂蚁啃着似的。

她变得十分的抑郁。

一大早，传达室的老陈头来叫她，说有她的邮包。

她跑去。熟悉的字迹，是母亲的。

回了宿舍，她把邮包打开，满眼的花花绿绿啊，竟是漂亮的裙裤。母亲在一张字条里说，今年街上流行裙裤，我学做了几条，妈也不知你是胖了还是瘦了，只估摸着做的，你穿穿，看是不是合适。

她随便挑一条穿上，竟是那么妥帖，像量身定做似的。镜子里的她，裙裾飞舞，是妩媚的一朵莲啊。

她工作的第五个年头，遇到一个心仪的男孩子。她坐在北国的白桦树下，给他讲裙裾飞舞的夏的故事。末了，她问，你介意吗？如果介意，分手还来得及。

男孩子已听得泪眼盈盈的了，一把把她搂进怀里，说，你受苦了，从此后，我不会再让你受苦了。

她幸福地闭上眼。她突然想起十四岁那年，母亲喜欢的那个男人，想起母亲在穿衣镜前试裙的模样。心中的堤坝一下子被击破，泪落如雨。

是不是一个人只有学会爱，才学会宽容？她庆幸醒悟得还不算太晚，她还可以补偿母亲。她买了一箱漂亮的裙，和男友一起坐车回去看母亲，她要让母亲一天一条地穿，并且要告诉母亲，从此后，她和她，再不分离。

传奇

我的整个少年时代，都被一个叫卜子的堂哥激励着。那个时候，村庄闭塞得有些孤寂，土地清瘦，四季的风，空落落地吹着，可因为有那个堂哥卜子在，一切便都明丽起来。父亲和母亲，抱着这样的念想，有朝一日，他们的孩子，也会成为卜子那样的人。那是黑里头的亮，再清寒苦贫的日子，也有了奔头。

闲暇时，父亲总要给我们讲讲卜子。他深吸一口水烟，目光迷离地朝着南方，那是卜子所在的方向。他说，卜子啊。我们就聚精会神起来。在一边纳鞋底的母亲，也竖起耳朵，手上的动作明显放慢了。门外，槐树上小雀们的叫声，也似乎放轻了许多。

父亲爱讲卜子小时候的糗事。这让我们有种错觉，卜子是与父亲无比亲近的。有了这层亲密关系，陌生且遥远的卜子，便跟我们也亲近起来，他是我们的荣耀和骄傲。有一件事父亲讲过不下二十遍，说卜子五六岁时，到舅舅家做客，大人们不拿小孩当回事，不让他坐席上，让他蹲灶角边吃。他竟掉头就走，回去发狠说，再不去这个舅舅家了。后来，果真有好多年都不肯去舅舅家，舅舅再怎么哄也不肯去。那么小的人，就那么有骨气，父亲赞许地点点头。母亲在一旁开口了，要不是那么有骨气，他哪里会过上现在的好日子。

堂哥卜子的好日子，被众多亲戚津津乐道着，在我们贫瘠的想象里，是锦绣无端的。怎么说呢，就像土布与绸缎的区别，就像清汤寡水与美味佳肴的区别。堂哥卜子早已成为我们这个家族的传奇。原先也是一普通农家青年，高中毕业后，在村里做代课老师，娶得村里支部书记的女儿为妻。书记女儿却嫌他难看（据说卜子长得丑），不拿他当人，总瞧他不起，给他气受，甚至红杏出墙。他一气之下，离了婚，南下求学，历尽辛苦，最后，考上名牌大学。毕业后，他被分配到南方，事业做得风生水起。吃穿不愁自不必说，还娶了个年轻貌美的广东姑娘，住着大洋房。在我们尚不知荔枝为何物时，他家的荔枝成篮成篮放在家里吃不掉。

然而不知什么原因，堂哥卜子自打去了南方，就再没回来过。每年春节，都要谣传一阵他要回来的消息，各家早早做好接待的准备，主妇们更是使出看家本领准备菜肴，最后，却全都落了空。我盼望见到堂哥卜子的心情，格外强烈，在兄妹几个中，就数我成绩最好。父亲说，我极有可能跟随卜子的步伐。卜子成了我的一面旗帜，一个标杆。我却从没见过堂哥卜子，我的兄妹，也都没见过。连我的父亲，说起卜子的样子来，也是模糊不清的。父亲讪讪笑，说，他小时候的样子我是记得的，眼睛小小的，很神气。

这让我疑惑不已，堂哥卜子与我的父亲到底有多亲？我是搞了好久才搞明白，原来这个堂哥，并不是我真正意义上的堂哥，他是一个远房伯伯的儿子。这个远房伯伯，平日与远亲们少有往来，但因他家出了一个卜子，原先少走动的，这才相互走动起来。这种情形有点滑稽，我们已熟稔卜子到骨头里，日日念着盼着，他却连我们是谁都不知道。他根本就不认识我们。

失望是有的，但转而又高兴了，因为父亲说，卜子的家族观念特别强。例证是，某某本家的孩子，去投奔他了，他给那孩子安排工作了。这让我们听着很安心。

我初中毕业那年，堂哥卜子终于决定起程回乡。消息早些天就在亲戚中传播，后来，得到证实，说堂哥卜子携妻挈女已在归途中。一路之上，不断有朋友拦下他，热情款待，一两天的行程，硬是走了一个多星期。众人快乐且仰慕地叹息一声，哎，卜子啊！便有亲戚天天去车站接，终于在某一天的一缕黄昏中，把卜子接回。

家家都兴师动众宴请卜子。我家也打扫干净庭院，办好酒菜，专等着迎接卜子的到来。父亲一早就骑车上路了，到几十里外的卜子家去，隆重地邀请他。我们眼巴巴等了一天，等回父亲，父亲却失望地说，卜子太忙了，家家都请，有时忙不过来，一天要吃六顿呢！父亲带回来一袋话梅，一袋椰子糖，还有一盒酥饼，说是卜子给我们兄妹几个的礼物。我们就着昏黄的灯光，翻看着卜子给的礼物，听父亲讲在卜子家的见闻，他家门前花团锦簇，人来人往，无一刻不是热闹的。

卜子最终没来我家。他送的话梅我吃了两颗，酸得掉牙，但还是欢喜的，这是堂哥卜子给的呀，是来自大城市的。那是我第一次吃话梅。

我念高中时，参加一次大型作文竞赛得了奖，父亲怂恿我给堂哥卜子写封信，向他汇报这件喜事。父亲说，在我们这个大家族里，也只有你以后能跟卜子平起平坐了。父亲的话，让我觉得神圣。我铺开信纸给堂哥卜子写信，我抬首写，尊敬的卜子哥哥。打下无数的草稿后，总算写成。给全家人念了两遍，大家都说好，我这才郑重地把信寄出。

期待堂哥卜子回信的日子，是忐忑着的。每次走过收发室门口，看见收发室里那个胖阿姨，我总心跳如鼓，我觉得，她掌控着堂哥卜子的信。我有些讨好地冲她笑，叫她阿姨。终于有一天，在我再次对着她笑，叫她阿姨时，她从一堆信中，抽出一封，对我扬扬，说，是你的吧？我一眼瞥见信封上赫然印着南方某大单位的地址，呼吸变得急促。胖阿姨也瞟一眼信封，随口问了句，你家什么人在那边？我匆匆答，我哥。抓起信就跑。我不知道我为什么要跑，似乎那颗快乐与骄傲的心，唯有奔跑，才能盛放。

堂哥卜子的回信，成了全家人的幸福，大家有事没事就要我拿出来念。在信里，卜子夸我真是了不得。他说我一定能考上好大学，为我们这个家族争光。父亲到处传播这事，弄得亲戚们看我的眼神，也充满了艳羡，仿佛我已经出息起来。这无形中给了我巨大压力，我拼了命地学习，朝着堂哥卜子指引的方向，快马加鞭。

我成功了。收到大学录取通知书的那会儿，我恨不得立即飞到南方去，让堂哥卜子看看我的通知书。我决心去看他。父亲十分支持，自打我考上后，父亲整天神采飞扬，走到哪里胸脯都挺得高高的。我家也出人了！父亲处处显摆。去，去让卜子看看，父亲说。

我背上家里的土特产，坐了一天一夜的长途车，终于抵达堂哥卜子所在的城。不知是不是天色渐暗的缘故，出现在我眼前的城市，并非想象中的华丽，而是灰灰的。连路旁开着的美人蕉，也色彩浅淡。堂哥卜子站在一根路灯的柱子下，对我伸出手，客气地说，是妹妹吧？我站在晚风里，傻愣愣看着他，我不能相信，我眼前的这个人，就是我念念了这么多年的堂哥卜子。他怎么会是卜子呢？他秃着头，瘦削削的脸上，爬着横一道竖一道的皱纹，穿一件皱巴巴的白衬衫。

他提起我的行李，拦了辆出租车。我木偶一般跟着他，穿街过巷，最后，走到一个老住宅区。三楼，楼道阴暗，我走得磕磕绊绊。他不时回头关照我，妹妹，小心啊。我马上要换大房子了，这里暂时住着，他解释道。

我点头，答一声，哦。鼻子却酸酸的。他家两室一厅的房，因我的到来，显得有些拥挤了。他把女儿的房间腾出来给我住，念初中的女儿和他们挤一间。堂嫂的表情淡淡的，和我打了一声招呼，她就把自己关到房里去了。

堂哥执意带我去饭店吃饭。街边小饭店，堂哥点了三五个菜，要了一瓶酒。他不停地招呼我吃菜，起初也还清醒着，但喝着喝着，就喝多了。他的话跟着多起来，说起这么多年他一人在外，老家人都以为他做了大官，发了大财，凡是跟他家沾点边的，都想奔着他来。妹妹，你知道吗，我也不过是个小小的办事员，混了几十年，才混个科级，能办什么事？求人半天，才把一个远房表弟安排进了一家单位做保安。他说他最怕回老家，那是伤筋动骨的事，千里迢迢回去，事先要准备一大堆礼物，哪一家亲戚都要照顾到。他说他也只拿着一份工资，却要养活一家人。堂嫂一直没工作。女儿的教育费用又高，每周上一次钢琴课，就得花掉近小半个月的工资。

那天堂哥卜子还说了些什么，我记不清了，只记得，他眼泪糊了一脸。第二天酒醒了，他看见我很不好意思，悄悄问我，我没乱说什么吧？我说没有。他跑出去买几只杧果回来，他说，这是南方水果，你一定没吃过。我自然没吃过。他女儿回来看见杧果，想吃，他用眼神狠狠制止住了。后来，我在厨房门口，听到他在厨房内对女儿说，那是给你姑姑吃的，她没吃过这种水果。我的眼泪差点掉下来。

他挽留我多住几日，说假都请好了，准备陪我四处逛逛。我谎称家里有事，不肯多住。他无法，只得送我去车站。在等车的间隙，他跑去买了好多袋话梅和椰子糖，让我带回老家，给各家亲戚送去。车还没来，我们站着，一时都无话。他突然说一句，告诉家里人，我这里一切都好。我狠狠点头。

我从南方回来，提着一袋一袋的话梅和椰子糖。亲戚们都很好奇我的南方之行，他们吃着椰子糖，扯着我非让我讲讲卜子不可。他们问我，卜子是不是住着大洋房？是不是开着小车？是不是水果成篮成篮放在家里吃不掉？我说，哦，是啊是啊。亲戚们便快乐且满足地赞叹，哎，卜子啊！

开在钢丝上的水莲花

水粉的衫，水粉的裤，水粉的鞋。小辫子被绾成一个髻，髻上插一朵水莲花。她小臂舒展，像凌空的燕，而后一个翻转，轻轻落在钢丝上。一朵水莲，就缓缓地在钢丝上盛放开来——这是当年那个马戏团最拿手的节目《走钢丝》。

马戏团不知从什么地方而来，总之有一天，沉睡的村庄被一阵锣鼓声敲醒了，就看到一队人马，很出彩地映亮村人们的眼，大多是红衣绿裤的小人儿，一个个跟鲜嫩的笋子似的。村人们停锄观望，说："马戏团来了。"留下他们，一场一场地观看他们表演。

表演都是在晚上进行，汽油灯高悬着，雪亮雪亮地照亮临时搭建的台子。村人们围在台下，看他们耍杂技。拼命拍掌，咂着嘴惊叹："了不得了不得，这么小的人儿，有这么大的本事。"

那时的我，最喜欢看的是走钢丝这个节目，表演这个节目的女孩子叫水莲，和我一般大。她有一双水灵灵的大眼睛，还有两个深深的酒窝。她上台的时候，先向大家鞠一躬，姿态优美极了。

然后飞上钢丝，在上面翩翩起舞，翻转盛放。

我羡慕得很。缠住母亲，要她把我送到马戏团去。我也想穿水粉的衫和裤，在钢丝上盛放，在我想来，那是一件多么美丽的事。母亲笑了，笑得喘不过气来，把这当作笑话讲给别人听。于是村人们遇到我，都跟我开玩笑，说："二丫头，你是不是要跟人家马戏团走？"

这让我十分泄气。白天的时候，我独自溜到马戏团搭建的棚子周围转悠。他们在棚子后面的空地上练功，水莲也在练功。一个男人常训斥她，好像嫌她哪个动作做得不好。一次，我还看到男人扬起鞭子，抽了她一下。我看到有眼泪，从她好看的脸上滚下来，却不敢哭出声，只一遍一遍做着翻转的动作。

黄昏的时候，她坐在棚子前的小马扎上，啃一块生山芋。我望着她，她也望着我。她笑起来，我也笑起来。突然听到后面一声喊："水莲，死哪儿去了，还不来练功，等会要上场了！"她慌忙应一声，深深看我一眼，转身离去。

晚上回家，跟母亲说起水莲挨骂的事。我不解，我说他怎么可以骂她呢？母亲叹："他们那个地方发大水了，为了生活，难啊。"这话我听不明白，但一颗孩子的心上，却有了沉重。

马戏团在村子里待了两个星期，换到一担粮，就又到其他地方去了。他们走的时候，一村的人都还在睡梦里。他们悄无声息地走了，像清晨飘散的一阵雾。等村人们起床时，他们已经走远了。我跑过去看，在棚子搭建过的地方，只看到散落的几根布条，还有马儿刨出的几个泥坑。天空寂静，他们仿佛从未来过。我的手心里，紧紧攥着一颗软糖，是祖母给我的，我省下来，原本是要送给水莲吃的。

夕阳西下的时候，我坐在门槛上望天，脸上铺满忧伤。我不知道为什么忧伤，只是小小的心里充满了不快乐。走过我家门前的村人都笑我："二丫头疯了，想跟人家马戏团走呢。"

多年以后，每逢遇到杂技团演出，我总会想起水莲来，水粉的衫，水粉的裤，水粉的鞋，头上插一朵水莲花，在钢丝上缓缓盛放。是隔了烟雨而望的花朵。

我们曾在青春的路上相逢

大眼睛，双眼皮，一笑嘴边现出两个深深的酒窝，那是蕾。她家住老街上，那儿，清一色的小青瓦的房，一幢连着一幢。细砖铺成的巷道，一直延伸到深深处。人家的天井里，探出半枝的绿，或是，一枝两枝累累的花，点缀着巷道的上空，巷道便很有些风情的意思了。街上人家都养尊处优着，至少在那个年代的我的眼里，是这样的。初夏的天，太阳还没完全落下去，他们就早早地洗好澡，穿洗得发白的睡裤，搬把躺椅躺到院门前，慢摇着蒲扇，聊天。那时，我的父亲母亲，多半还在泥地里摸爬滚打：玉米要追肥了。棉花要掐枝了。该插秧了。——这些农活，我都懂。

蕾不懂。蕾是街上的孩子。街上的孩子不知道水稻与大米的关系，不知道花生是结在地底下的。他们像一朵朵奶白的茉莉花，纤弱又高贵。蕾跟我去乡下，看见一只大母鸡，也要惊叫。对我历数的野花野草的名字，她一律报以惊奇。而我的乡亲，都停下农活来瞧她，她长得好看是一方面，还有一方面是她身上的城市味：面皮白，衣着时髦，手指甲干净。乡下的孩子有几个不是黝黑黝黑的？指甲里都积满厚厚的垢。我的乡亲啧啧叹，这是城里的孩子啊。语气里满是艳羡。

这让我相当自卑。我很少再带蕾去我的乡下了，尽管后来她一再要求再去。那个时候，我们都是十七八岁的年纪，坐在同一个教室里读书。两层的教学楼，红砖，红瓦，窗外长着高大的泡桐树。蕾跟我同桌，喜玩，不爱读书。她常趁老师不注意，偷跑出教室，和几个男生去影院看电影。有时也拉我一起去，我去过一次，不再去了。他们都是城里的孩子，像一簇一簇灿灿的花，沸沸扬扬开着。我却是草一棵，夹在其中，实在有些格格不入。

蕾早早恋爱了。班主任在课上三令五申，不许谈恋爱。大家心照不宣地看着蕾笑。蕾也笑，脸上飞起一片潮红，妩媚得很。她用笔轻轻点点桌子，以示对班主任的不满。桌上，一本作业本的下面，压着男孩子写给她的情书。后来，到底被发现了，班主任亲眼看到他们两个手拉手逛街。蕾的母亲来到学校，在蕾的面前声泪俱下，要蕾交出跟她谈恋爱的那个男孩子。我们异常吃惊，吃惊的不是蕾的母亲的声泪俱下，而是她的苍老。她完完全全是一个衰老的老太太，像一枚皱褶的核桃，跟漂亮的蕾完全不搭界。蕾呆呆看着围观的人，哇的一声哭出来，丢下她的母亲，捂住脸跑出学校去。

蕾清寒不堪的家境，一下子裸露在众人跟前。蕾的母亲是改嫁之后生下蕾的，蕾的上面，还有三个哥哥，两个姐姐。大哥是个傻子。二姐跟人跑了。蕾的母亲在街上摊煎饼卖，维持一家人的生计。

蕾是一个星期之后才回到学校的。她不再谈笑如常，而是长长地沉默，眼睛盯着某处虚空，发呆。那时候，教室外的桐花，已一树一树开了。四月了，我们快毕业了。

高考时，蕾没考上，进了一家纱厂做女工。我们渐渐失了联系。多年后的一天，突然接到蕾的电话。蕾问，知道我是谁吗？我几乎脱口而出，你是蕾。岁月再怎么风蚀，那声音，还是从前的。我们说起别后的日子，虽寻常，但都安好着。我们回忆起那时的事：两层的教学楼，红砖，红瓦，窗外长着高大的泡桐树。

我在那些往事里，微笑哽咽。一帮同学在谈将来的职业，一男生忽然指着不远处的我说，她将来当厨娘。在那之前，学校集体组织看一部外国影片，里面有厨娘，胖，且笨。旁的人转头看我，都笑起来。那些笑如同锋利的尖刀，把我刺伤得七零八落。以至于我好长一段时间，都沉默寡言，忧郁且激愤。

毕业后的某一年，也曾遇到当年的那个男生，他全然不记得说我做厨娘的事。而是满脸惊喜地叫，是你啊。有遇见的欢喜。

年少时再多的疼痛，都云淡风轻了。唯有感激，感激上苍，让我们曾在青春的路上相逢，照见彼此的悲喜。那些鲜嫩的气息，一去不返。

桃花时光

陡然间见到桃花开，我想起多年前的龙冈。

龙冈是苏北的一个小镇，有上千亩桃园。春天的暖阳一照，上万株的桃花，齐齐鼓着小嘴儿，怒放了。那景象，端的是一个瑶池仙境落凡尘。我对那人说，我要去龙冈看桃花。他奇怪，我们这里也有桃花可看啊。我说，不一样的。我没告诉他理由，不只是因为那里有成片的桃花可看，还因为，我的青春曾在那里逗留。

那年，一宿舍十个女生，架不住外面的春光招摇，不知经谁撺掇，相约着去龙冈看桃花。于是乎，呼啦啦都涌了去。也不识路，一任公交车领着我们，一路哐啷哐啷出了城。都是素面朝天着一张脸，却愣是让周围人的眼光，聚焦在我们身上，艳羡地看着我们。那是青春自有的光彩，远着胭脂水粉，天然去雕饰。

有人到底忍不住了，问，孩子们，你们这是去哪儿啊？我们齐齐答，去龙冈看桃花呢。言语之下，是说不出的优越。那个时候，能那么无所事事规模浩大地去看桃花的，怕只有我们了。人们就宽容地笑，说，龙冈的桃园多，够你们看的。

果真的多。我们人还未到近前，铺天盖地的红，已不由分说扑过来。我们跳进去，人迅捷被花树掩埋。桃园到底有多大？我们踮起脚尖，也没有看到它的边。到处是红粉乱溅，四面漫开去，漫开去，如烟似霭，聚成山，聚成峦，起起伏伏。抬头，低头，侧身，转身，相遇到的，除了花，还是花。累累的，朵朵清纯。我们在桃花丛中跳着叫着，每个人的脸上，都有无数桃花的影子在荡漾，平日见惯了的一张脸，竟变得格外动人。我们相互看着，情不自禁拥抱成一团，信誓旦旦着说，不管将来到了哪里，我们都要永远记住今天的桃花。

多年后，我们早已天各一方，音讯疏离。年轻时好多的誓言，原是当不得真的。可记忆分明清晰地在着，一下一下拨动着心弦。我一刻也坐不住了，和那人立即出发去龙冈。我在车子上放上了水和面包，是打算在那儿好好温故一番的。

天是十分架势的晴，阳光金箔儿似的，镶嵌得到处都是。沿途的颜色十分可人，麦苗绿，菜花黄。若遇水，水边垂柳依依，再傍着一河两岸的菜花，那景，就像谁摊开了巨幅水彩画。还是不识路，只能凭着从前的印象，出了盐城，顺着路开，却迟迟未到。停车问人，原来早就开过去了。不着急，笑嘻嘻把车掉转头，继续开。我的眼睛盯着窗外，春天的风景，其实没有目的地，逮哪儿是哪儿，即便再偏僻荒芜的地方，也一样的叶绿花开。且把一路的相遇当景致。

我们就这么不急不慌的，边走边看，到达龙冈镇。修车的铺子前，几个男人闲闲地坐着。我们去问路，只怕人家听不懂，特别形容，就是有很多很多桃花的地方啊。男人们没有表现出惊奇，淡淡说，哦，是看桃花的啊。他们伸手一指，你们往那边去就是了。

我们顺着他们手指的方向，出镇子。途中又问一妇人，她同样没有惊奇，伸手一指，哎，那边。我们终于看见桃花了，零星的一抹红，被一道铁丝网圈着。那里，已辟成旅游地，打着桃花的名。我笑了，桃花有幸，竟被这么隆重相待。只是旧日之景回不去了，如同旧日时光。

我们买了门票进去。园内有河有桥，有长长的曲廊，新植桃树，不过数十棵。稍稍一打眼，也就望遍了。我不死心，一棵树一棵树地数着看。树不是从前的树了，花朵却开着从前的模样，朵朵清纯，红粉乱溅。我心里悄悄生出一个打算，这次回去，我要一一找到昔日的她们，告诉她们，我去龙冈看桃花了。人生也短，我们不要再错过。

几个女孩携手而来。她们不嫌花少，倚着一树的花，旁若无人地摆出各种姿态拍照。青春的脸上，飞扬着明媚活泼的笑，怎么看都是好看。我站定看她们，想着，这是她们的桃花时光呢，多年后，会记得吧。

我曾如此纯美地开过花

那年，我高考失利，到邻县一所中学去复读。学校周围，住一些人家，小门小院。一条小路东西横亘，连缀着那些人家。家家门前长花长草，还长一些泡桐树。高大得很，枝叶儿密匝匝的，掩了人家的房。四五月的时候，泡桐树开花，一树一树淡紫的花，环绕在房子上方，像给房子戴上了花冠。我喜欢在清晨，捧了书，跑到那些树下读。那个时候，我也成了大自然中的一个，我忘了乡下孩子的自卑，我变得很快乐。

就在无数个清晨之后，我遇到了那个男孩。他穿一身白色运动衣，在小路上晨跑，黑发飞扬，朝气蓬勃。他跑过我跟前，笑着朝我点点头，又继续他的跑步。

我只觉得眼前有无数的阳光在飞。那个笑容，从此印入我的脑海中，挥之不去。这以后，我在清晨读书时，开始有了期待，每天听着他的跑步声临近，又听着他的跑步声远去，心里好似有头小鹿在跳。

后来在学校，人群里相遇，他显然认出了我。隔着一些人，他递给我一个笑，熟稔的，绵长的，有某种默许似的。我的脸，无端地红了，也还他一个笑。除了笑一笑之外，我们没说过一句话。

梦里开始晃着一个影子，看不真切。像远远开着的一树花，一团的粉，或是一团的白。我开始嫌自己不够漂亮，对着镜子，把清汤挂面样的头发，拨弄了又拨弄。母亲纳的布鞋，母亲缝的土布衣，多么让我难过！我变得很忧伤。那些捉摸不定的忧伤，雾岚般的，忽深忽浅地飘在我的日子里。

泡桐花落尽的时候，我要回我的家乡参加高考。走的那天清晨，我抱本书，依旧跑去学校门前的那条小路上晨读。那个男孩，也依旧来晨跑，穿一身白色运动衣。他跑过我身边时，放慢脚步，送我一个笑，又渐渐加了速跑远。望着他的背影，我瞬间被疼痛击中，我在那个清晨，流下了眼泪。我很想很想对他说一声再见，但最终什么也没有说。

人的一生所经历的，并非只有轰轰烈烈才成记忆。在泡桐花盛开的时节，我常不由自主地会想到那条小路，想到他，痴痴地发一回呆，而后微笑起来。我望见了我柔软的青春，不后悔，不遗憾。因为我曾如此纯美地开过花，对岁月，我充满感恩。

旧时月色

四时的月色，是各有千秋的。

春天的月色，清澈透明，伴着草芽儿和花的清香，吸上一口，有微醉的感觉。夏天的月色，轻歌曼舞，轻盈若羽，如梦似幻。秋天的月色，浓酽黏稠，像冰得化不开的奶油。冬天的月色，如盐胜雪，洁白闪亮。

在城里很难得见到这样的月色了。即便有月亮的晚上，你发了心，一定要看看月亮。然后，你站到阳台上，等了好久，等着月亮爬上来。隔着许多的高楼，隔着许多的灯光，你寻过去，夜色浑浊不清。没有星星，天上的那枚月，很像宣纸上滴落的一颗泪，模糊着，看得你心疼了。

你轻轻叹息，也只能，去记忆里寻。

年少的记忆，是浸泡在月色中的。

六七岁的年纪，是不大敢单独到月下晃的，怕鬼。大人们的故事里，鬼故事居多。特别是一个叫陈广凤的女人，爱讲这样的鬼故事。

陈广凤家住一个土墩上，两间低矮的草房子，周围芦苇丛生。偶尔听大人们闲谈，说她是个可怜的人。她脸颊上长一大块暗红色的胎记，几乎遮住她的半边脸，使她看上去，极丑。那个时候，她四五十岁的样子，丧夫独居，一个人寂寞，常骗了我们小孩子去，帮她拣沙子里的黄豆，她给我们讲鬼故事听。说月亮满满的夜，鬼变成漂亮的大姑娘出来了，身上穿着白绸缎的衣裳，披着长头发。看见有人走过来，就丢下一只绣花鞋，哄着人去捡。我们听得毛骨悚然，怕着，却又着急着下文，后来，后来鬼把人怎么样了？

　　她却不肯说下文，诱骗着我们第二天再去。我们惦念着故事的结局，第二天早早地去了，绕过杂乱的芦苇丛。她站在草房子前，笑吟吟地迎，手里还是那捧沙子，沙子里面混杂着一些黄豆。我们有一颗没一颗地拣着，她的鬼姑娘便又上场了。今天的鬼姑娘换了件衣裳，穿的是一袭红丝绒的裙子。红得像什么呢？就像她家草房子前开着的鸡冠花。

　　我们一边害怕着，一边着迷地听着。我们拣了一个秋天的黄豆，最后她到底讲了结局没有，不记得了。只记得再遇月夜，我早早地蜷进被窝，把头埋进被子里，不敢看窗外。半夜里睡醒，惊讶着满世界的银光闪闪，我们仿佛睡在一只银碗里。四周寂静，虫鸣声若有似无，只听见月光落地的声音，噗，噗，轻微的，像雪花飘落，一下，一下。

　　然后，我看见月光探了身子，跑到屋内来，跑到母亲的梳妆台上，那上面放着梳子、镜奁、百雀羚、剪刀，和母亲晚上新裁的鞋面子。月光均匀地吻过每一样物件，吐出一朵一朵银白的花。蒙了一层纱的窗，亦描着银边，那么的亮。满世界仿佛都藏着秘密。我忘了害怕，只是奇异地望着，望着，不敢动，我怕动一动，这月光就飞了。多年后，我知道，那是自然的大美，任一个小孩，也为之动容。

冬天的月夜，陪着母亲去担水。母亲白天要忙农活，家里的吃喝用水，都是晚上去一公里外的河里挑。有母亲在，是没有害怕的。天上空空荡荡，只一个明晃晃的月亮，把我和母亲的影子，拉得忽而短，忽而长。近处远处的田野，都铺上一层白霜似的月光。小路上，则像敷上了一层厚厚的白糖，让人忍不住想弯腰下去舀上一勺。

我们踩着这样的月光路，到河边。冰面上，敷着同样一层厚厚的白糖。河边的树和芦苇，浴一身月光，再看不出萧条和枯萎，有的，只是温情脉脉。母亲用扁担砸破冰面，清幽幽的水里，立即掉进一个大而白胖的月亮。这个月亮很快被母亲装进水桶里。母亲挑着装着月亮的担子，晃晃悠悠地走。我开始唱歌了。那样的月色，唯有唱歌，才能消化。母亲也唱歌了。母亲不识字，唱的是她自己编的歌谣。我们的歌声，消融在月色里，变成了月光，四处飞溅。

转眼是春。春天的月色，浸满花香。这边是桃花。那边是梨花。胡萝卜开的花也是好的，像头顶着一个一个的胖蘑菇。菜花就更不用说了，一开一大片，满地滚金。我们几个孩子约了去放风筝。所谓的风筝，是用破塑料纸做的，或是包东西剩下的牛皮纸做的。风筝线是偷的母亲的纳鞋线。我们牵着这样的风筝，在乡村土路上快乐地叫着跑着。风筝被月光托在半空中，像只展翅奋飞的鸟儿。眼前的各色花们草们，被月光洇染，像瓷雕的。我们一时惊诧，齐齐仰了头看天上的月亮，觉得它也像一朵盛开的花，梨花，或是胡萝卜花。

最喜欢的，是夏天的月夜，孩子们不会待在屋里。大人们也不会待在屋里，他们要趁着好月色，去社场上剥玉米。

母亲是剥玉米的能手，一晚上能剥上百斤，可以换到十来只脆饼。那个时候，脆饼是我们有限的见识里，最好吃的点心。我们都自告奋勇地跟着母亲去，帮着剥玉米。一路之上，月光曼舞，风中飘来阵阵稻花香。青蛙们的合唱此起彼伏。萤火虫多得像撒落的星星。社场那边，早已人声鼎沸，玉米棒子堆成了一座金黄的小山。

我们加入进去。月光被搅动得四处流溢，又迅速合拢，如船划过一道道水波。终于，所有人各就各位，迅速剥起玉米来。大人们喁喁闲谈，偶尔有轻笑的一两声。月光也安静下来，趴在人们的头发上、肩上、膝盖上，淌进每粒玉米里。我们几个孩子剥一会儿，手就火烧火燎地疼，也不大坐得住，心早野了，母亲叹一口气，宽容地说一声，玩去吧。

我们如得了特赦令，立即飞跑开去，追逐嬉闹，如快乐的小鱼，在月光里游弋。玩到大半夜，困了，回家睡去。却不知母亲什么时候回家来，第二天，枕边有脆饼的香，扑鼻。而母亲，早去地里忙活了。

那个时候，从没见母亲吃过脆饼。我们以为，那是属于小孩子吃的，所以，吃得理所当然。多年后，母亲也回忆起那样的月夜，她剥玉米的事。她总是要剥到月亮西斜，手掌通红，火辣辣的。孩子多，她要多挣些脆饼。看着你们吃，我就很满足了，母亲说。一片月光倾泻下来，淹没了我的心。我追问，妈，你当时想没想过要吃？母亲笑了，傻丫头，那么好吃的东西，怎么会不想？

天很蓝，仿佛多年前

房与房相对而望，中间隔出一条逼仄悠长的深巷来。偶有半树的繁花探上墙头，紫的，红的，在粉墙上妖娆地笑。也有绿苔趴在砖缝里。深巷便显得风情万种。我最要好的同学的家，就住在这样的巷道深深处。周末的时候，我到她家去，须得穿过这样一条长长的巷子，就像穿越一座迷宫啊，什么样的奇遇，都可能出现。所以每次去，我都怀了无限的幻想，而事实上，却从未碰上过奇遇。

感觉中，小巷一直很静，宁静的静，似午后空中缱绻的云。某天清晨，我从那里过，看到一青春女子，穿着碎花的棉布睡衣，趿拉着木屐，在小巷里走。橐橐，橐橐。一时间心里竟充满羡慕，想要成为那个女子，那般闲适，那般从容。

推开同学家吱呀的木板门，是一个狭小的天井。天井的墙角边植一株茶花，花朵丰腴，艳红，风姿绰约。同学有哥哥也有姐姐，哥哥常年不在家，好像在外地求学，或是工作，记不清楚了。只在一张合影上看到过他，眯着眼笑，嘴角上扬，朝气蓬勃的样子。

姐姐是个美人，总是匆匆地进匆匆地出，家门口的小巷里，定有年轻的男子候着。同学小声告诉我，追我姐的人很多呀。

不管什么时候去，天井里总有一锅汤在冒着热气，同学矮胖的母亲，坐在炭炉边择菜或拣米。那时白米少见，只城里有，里面掺和的杂质挺多的，是沙子或一些野草的草籽。我们乡下人家一年四季，却吃黄黄的苞米面，牙露出来，都是黄的。这让我觉得，能捧个匾子放膝上，不紧不慢地在暖阳下拣米，是极优越的生活了。

同学的母亲人很随和，会招呼我坐，甚至留我吃饭。我现在很后悔那时的腼腆，竟连一声阿姨也羞于叫出口的，虽然每次前去，我都鼓励自己一定要叫人，响亮地叫。

同学的母亲倒不在意，每次我走时，她都会跟着送上一句，下次再来啊。我回过头去，脸羞红着，小声应道，好。小院门在我身后轻轻关上，生活的温馨和优越，又都关在里面了。再入深巷，我多了一层惆怅，说不出由来的惆怅。深巷幽幽，什么样的情绪都能藏里面。就像一滴雨掉进海里面，倏地不见了，但你知道，它在里面，它就在里面。

多年之后，我在一家商场门口，与我的同学不期而遇。天很蓝，仿佛多年前。而我们，却走不回从前了，她发福成一个中年女人，而我，也是一个男孩的母亲了。问起小巷，问起她母亲。她叹一口气说，走了，前年春上走的。老房子也拆迁了，我爸跟我哥去了北京，老家再没人了。

胸口突然一紧，有疼痛辣辣地掠过。我知道，曾经寄存了我许多梦想无数想象的深巷，它，一定也不在了。从此以后，我只能在记忆里，与它隔了岁月相望。

　　但，迷恋深巷的情结却是根深蒂固的。每每外出游玩，我总要寻了一些古镇去。它们有一个共同之处，就是都有悠长悠长的深巷，像扯不断的思绪。我喜欢在那些深巷里徜徉。我坚信巷子里的每一块砖，每一片瓦，每一处绿苔，都有自己的故事。它们安静在岁月的长河里，涛声依旧。

　　偶然一次，我路过一个叫溱潼的古镇，那里有一些保存得完好的老街道，我自然想逛一逛。同行的人却没多少兴趣，他们说，不就是几条街道吗，到处都有的，有什么可逛的？倒是一位六十开外的老先生极有兴致，主动要求陪了我逛。下了车后他才掩饰不住兴奋告诉我，二十世纪五十年代，他就在这儿读小学的。一路上他滔滔不绝，说着那个我不知道的年代的陈年往事，说他们如何读书，如何淘气。说那时他们班上有个男同学，一头的癞疮，大家就给他取了个绰号叫"癞巴子"。"癞巴子"没人理，只他理，所以"癞巴子"跟他最要好，常把母亲烙的饼偷来给他吃。呵呵，他笑，满足地。他带我穿过一条一条的深巷，去找寻当年的学校。不时喃喃，这儿是什么，那儿是什么。像梦游。结果却失望，学校早已不在了，被一片新房子所取代。他站在深巷里发愣，头顶上的天空蓝得澄清，他的表情很是忧戚。

　　后来，他又带我去寻他当年坐船来的码头。我们沿着弯弯曲曲的小巷走，总也走不到头的样子。我说不会走错吧？他开始还肯定，后来到底自己也没数了，五十年的光阴，足以把一些人和物，都改得面目全非。他敲开深巷一户人家的院门进去问路，老码头却不是人人都知道的，年轻的户主跑去问隔壁邻居，响动声吸引了很多人来，大家围着相互探听问什么问什么呀。听说是来找寻老码头的，一时间大家的眼神都绵长起来，语气里有了唏嘘，呀，不简单，是二十世纪五十年代在这儿上过学的呀。

终于，一片碧波浩荡的水域展现在我们面前，老先生变得异常激动，他指着一个方向对我说，你看你看，那就是码头啊，当年，我就是从那儿上岸的……

黄昏了，夕阳揉碎在那片溱湖里，拉出一道道彩色的影。星星点点的橘红，小鱼样地在水面上跳跃着。我们站着，不说话，很遥远地看。心里，缓缓流过一泓湖水，悠悠荡荡。

古镇的深巷，绵延在我们背后，沉静着。是岁月最为本色的样子。

青春底版上开过玉兰花

夏意儿念中学的时候，家离学校远，住宿。

每日黄昏，放学了，大多数同学都回家了，校园便变得空旷而宁静。她会抓一本书，去操场边。黄昏温柔，金粉一样的光线，落在一棵一棵的树上。是些荷花玉兰，五月开花，能一直开到九月，这朵息了，那朵开，碗口的花，白而稠。就那样开得烈烈的，又是悄悄的。她会倚了树，背书，心淹没在那些金粉里，美好，安静。

某一日，她的安静，突然被操场上一阵一阵的欢叫声给打断了。那是一些男老师，在操场上打篮球。在那些男老师中，她一眼看到他们年轻的语文老师，正迎着夕阳的方向跑。他看上去，像骑着一匹金色骏马的王子，英俊极了。她只听见自己的一颗心，"嘭"的一声，开了花。

自那以后，她开始留意他。他的声音好听，他走路的姿势好看，看他的一颦一笑，那么近，又那么远。她的心，开始了忧伤。学习却格外努力起来。最喜欢语文考试或作文，每次在全年级她都遥遥领先，让他的眼睛里，有了骄傲。他跟别班的语文老师说，我们班的夏意儿，语文好得没说的。她站在他边上，听着这话，微低了头笑，心快乐得要飞。他转身看她一眼，点点阳光洒过来，他说，继续保持啊夏意儿。她认真地点头，把这当作是她对他的承诺。

端午节，她特地跑回家，央母亲包多多的粽子。母亲问，要那么多吃得下吗？她说，带给同学吃呢。母亲包粽子时，她在一边相帮，挑又大又红的枣，一颗一颗洗净了，和在糯米里。母亲笑话她，这么小的丫头，就知道吃了。她不言语，只是笑。第二日，天微微亮，她就赶到学校。他的宿舍门紧闭着，想他还在睡吧。她把精心挑出的一袋粽子，轻轻放在他宿舍门口。

后来他在班上，笑问全班学生，哪个同学给我送粽子了？学生们愕然，继而都望向他笑着摇头。她也在其中，笑着摇头。他的目光，落向她又掠过她，他说，粽子我吃了，非常好吃，谢谢你们啦。

课后，同学们很是热烈地讨论了一回，到底谁给老师送粽子了？谁呢？她静静坐在一边，耳畔只是他的笑，他吃了她送的粽子呢。她因此，而幸福。

元旦的时候，却传出他结婚的消息，教室里一下子沸腾起来，每个同学看上去都兴兴奋奋的。女生们争着打听他的新娘漂不漂亮，男生们则商量着给他买礼物。她一个人，跑去操场边，莫名其妙大哭一场。

再见到他，是几天后。许是新婚，他的脸上，有遮不住的甜蜜。学生们叫，老师，要吃喜糖要吃喜糖喔。他笑着答应，好。下课，他站在教室门口叫，夏意儿，你来帮我拿一下糖。她坐在位子上没动，回答，我肚子痛呢。他关心地走到她跟前，笑着问，没关系吧？要不要去看医生？她慌乱地一摇头，说，没事的。他后来叫了另一个同学去，捧来一大堆花花绿绿的喜糖，她把发到手的喜糖，转手给了同桌，说，我从不喜欢吃糖。同桌信以为真，很高兴地接了去。

她的语文成绩，自此一落千丈。

他很着急，找她谈话。极温暖地看着她笑，他说，夏意儿，你知道吗，你是我教的学生里，最聪明灵秀的一个，我希望我能有幸送你走进重点大学，那里，有属于你的金色年华。她的心里，突然就落下千朵万朵阳光，玉兰花般开放。

一颗爱的心，就此，轻轻放下。后来夏意儿顺利考进重点大学，遇到了一个爱她的，亦是她爱的人。真的如他所说，她有了属于她的金色年华。

倾国之恋

王宫。窗外，清涟涟的月光泻下来，泻在一方雕花方格窗上。泻在一根擎天柱上，柱上雕龙画凤。龙在月下游，凤在月下舞。一枝白莲，在桌上青瓶里盛开，开得幽幽的。无心。真奇怪，这枝白莲，竟是没有心的。

月光清冷。后半夜了。

锦绣帐内，褒姒又做噩梦了，她又梦见那个女人，她又梦见她自己。

十八年来，她做着同样一个梦：

还是婴儿时。

小小的她，粉白的一团，包在一条大红猩猩毯内。一个女人，紧紧把她抱在胸前，紧得她快喘不过气来。女人披头散发，衣裙凌乱。女人大声嚷嚷，她是我的孩子，我的！

一群人，看不见他们的脸，只看见纷乱的脚。脚踩着脚，脚叠着脚，他们在争抢女人怀里的她。女人更紧地抱着她，哭着叫着求着，柔弱的身子，像风中一朵白樱花。

突然，她看见王。没错，是他，高大魁梧，眉宇间，英气冲天。可是，他脸上竟现出狰狞来。纷乱的脚步，突然止息。

王走到女人跟前，王对女人伸出手，低声喝道，给我！

女人惊恐地叫，不！她是我的孩子，我的！

王冷笑一声，野种。他轻轻一拨女人的胳膊，她就到了王的手里。大红猩猩毯掉下来，她赤裸着小小的身子，粉白的一团，不哭不闹地看着王。

王对着她默默看了两分钟，扭头吩咐，扔了她！

大河，无边无际的大河。青山无限秀。她被人带到河边，扔进河里。在被扔进河里的那一刹那，她看见了抱她的女人，被一群人推着搡着，也来到河边。突然有寒光一闪，她看见血，从那个女人脖子上，喷射出来，像一朵硕大无朋的花朵。女人的头，在空中转着圈，转着圈，长发向后飞去，现出一张凄艳绝伦的脸，那张脸朝着她掉落的方向，绝望地叫了一声，我的孩子！

月华如水。

四野回应着那一声凄厉的喊叫，我的孩子！

她很镇定地看着，她一直没有哭。水真凉啊，水浸过她的小脚，小腿，小手，小胳膊，水就快淹没她的头了。突然，她的身子从水里浮起来，她躺到了一朵荷花上。身子下，簇拥着无数小鱼，它们推着她，一路向前。

青山绿水，天地悠远。

她的心，在那一刻苍老。

褒国。地处偏僻。人们上山砍柴，下河捞鱼，日出而作，日落而息。日子过得宁静又逍遥。

一对普通百姓——樵夫和他的妻，在山上唱着忧伤的歌。结婚五载，他们一直期盼着有个小孩，希望却总是落空。

这日，他们去山上的寺庙里祭祀。妻子在跨越门槛时，脚下突然被一块石子绊了一下，仰面倒下。空中飞过一只鸟，鸟嘴里衔着一瓣荷花。鸟啾一声叫，荷花掉下来，不偏不倚，刚好落到摔倒的妻子怀里。

这时，大山深深处，很突兀地响起一个苍老的声音：水生荷，荷生褒姒。水生荷，荷生褒姒……绕山不绝。山石为之震颤。

丈夫去寻那声音，遍寻不见。回头，却见妻子中了邪似的，捧着那瓣荷花，喜笑颜开，口中喃喃，我们有孩子了，我们有孩子了。

丈夫猛然醒悟过来，拉了妻子就往山下跑。他们一口气跑到山下的大河边，只见一朵荷花，像耀眼的一朵粉色的云，顺着水，由远及近地飘过来，飘到他们跟前。婴儿时的褒姒，躺在荷中央，美若小天使。

夫妇俩高兴坏了，赶紧抱起这个顺水漂来的孩子。

他们唤她，姒。对她极尽宠爱。

褒姒成了樵夫的女儿，在樵夫的家里成长起来。很小的年纪，就表现出过人的聪颖，能歌善舞。只要她一放歌，山上的百鸟，全都噤了声。只要她一舞蹈，水里的鱼，全都浮上水面，仰了头看她。

只是，她很少笑。

樵夫夫妇想尽办法逗她笑，她还是难得开颜。养母把她揽入怀中，抚着她滑若凝脂的肌肤，问她，姒，你到底有什么不开心的？她的泪，流下来，她叫，五娘。她从小不叫养母妈妈，而叫五娘。很奇怪的称呼。问她怎么会这么称呼的。她答，五娘家里有五个女儿，五娘是第五个女儿。这让养母大惊失色，养母的娘家，的确有五个女儿，养母是家中第五个女儿。

五娘，褒姒叫。她的纤纤小手，按到胸口上，她说，五娘，请原谅我不能笑，我一笑，我的心就疼得要炸裂开来。

山中岁月，如草如花。不知不觉，褒姒已十五岁。人见之，惊艳。褒国盛传，出了美人叫褒姒。

只是，这个美人是忧伤的。她常常坐在水边，一坐就是大半天。在水里，她望见她的前身——一条小白龙，在水里面游。

她也总是做梦，梦见那个女人，梦见她自己，梦见王。

十五岁生日这天夜里，她又被噩梦惊醒。她起身，坐到窗下弹拨古琴，琴声幽幽，如泣如诉。窗外月华如水。突然，一枝白莲，远远飘过来。白莲破窗而入，落到她的古琴上，拼命盛放。花蕊里吐着的，都是前尘往事。

宫殿，奢华的宫殿，雕龙画凤。十二岁的桑柔，是宫中的小宫女，出落得如花似玉。她手擎一枝白莲，袅袅婷婷地走进宫殿，长发飘舞，美妙绝伦。王进来了，王看到桑柔，王的眼睛直了。王走过来，抬起她的下巴问，你叫什么名字？桑柔轻声答，桑柔。朝王鞠了一个躬，慌慌地跑开去。

大门口，桑柔的脚踩到一只大鳖上。鳖竟朝她笑了笑，笑得很暧昧，两只乌漆漆的眼睛，还朝她眨了眨。桑柔大惊，她揉揉眼睛想再细看时，鳖已不见。

桑柔意外地怀孕了。王极度震怒，追问她那个男人是谁。桑柔睁着一双深潭似的大眼，看着王，摇头说不知。王后亲自检查了她的身体，发现她还是处女之身。不祥之兆啊，王后对着王说。王的脸色骤变。桑柔被王打入冷宫。

十五岁，桑柔在冷宫里突然生下一女婴。女婴一声啼哭，穿云破雾，让整个王宫失色。脚步声纷至沓来，女婴被抛入宫外的大河里，而桑柔，被斩首在大河边。

遥远的天边，有歌声踏浪而来：一方一净土，一笑一尘缘。

莲花凋落。

褒姒听到一个声音，耳语般地响在她耳边：姒，我是你冤死的娘亲，你要为娘亲报仇。

她浑身打一个颤。定睛细看，莲已消失，如同梦幻。

窗外，月已沉。

褒姒十八岁这年夏天，王攻打褒国。

褒国的百姓，结伴逃难，逃进荒山深处。褒姒的养父母也带了褒姒逃难，他们在荒山深处的一个山洞里安了家。褒姒随身携带的物件，只有一把古琴。

那日，她正在洞口抚琴，四周寂静，只有她的琴声，幽幽。洞外树上一只鸟，听得落泪。一伙强人，突然出现在她的洞口，杀了她的养父母，掳走了她。

她昏死过去。

醒来时，她躺在一条河边。她坐起身，茫然四顾，河水清涟涟的，映出她面若芙蓉，黑发如瀑。突有一骑飞奔而至，高头大马之上，是英俊的王。梦里无数次相遇，她熟悉那样的眉毛，那样的嘴唇，只是，他脸上没有狰狞之色。

十步远的距离，王的马，仰天长啸一声，停下。王在马上，痴痴地望着她，眼波温存。她目不转睛望着王，突然展颜一笑，盈水一岸，众生倾倒。

王从此中了她的蛊——她的笑，是他致命的毒，无药可解。

宫殿。褒姒缓缓走进来，长长的裙摆，在地上拖出一片旖旎。王宫里，无论大臣，无论卫士，无论宫女，无一不大张着嘴巴，失声地看着她。他们从没见过这么美艳的女子！

太后的眼睛，毒。太后上上下下打量了她一遍，冷冷地对王说，这个狐狸精会害了你的。

王牵了她的手，王的手心里全是汗。王轻声对她耳语，姒，别怕，有我呢。王沉着地对太后说，我爱这个女人，以后，不管是谁，都不许轻视她。

太后气得拂袖而去。

褒姒成了王的心爱，在王宫的地位，扶摇直上。王想尽一切办法取悦她，给她无数的绫罗绸缎，穿不掉，被伺候她的小宫女们撕着玩。还给她无上的地位，甚至让她取代了皇后，成了一国的国母，母仪天下。

王以为她会快乐，王以为她会欢颜。王等了很久，却失望了，褒姒还是眉头微蹙，终日里，只与她的古琴相伴，素手轻拨，琴声幽幽。窗外日西斜。

王苦闷不已。王问，姒，你到底还缺什么？

褒姒给王鞠躬，褒姒说，谢谢王，我什么也不缺。

那你为什么愁眉不展？

褒姒的眼光，就穿过窗户，穿过宫殿，穿过青山绿水去。她答非所问地说，绿水悠悠，青山不老。

那样的神情，刺痛了王。王抓住她的手臂，摇晃着她，眼神里，全是乞求，姒，我的姒，我爱你，你能不能为王笑一个？

褒姒不笑。褒姒拨开王的手，退后两步，旋开衣裙。她开始翩翩起舞，波光碎影，如仙子落瑶池。褒姒说，王，我可以为你歌，为你舞，但不会，为你笑。

王的脸，煞白。

王喝了满满一觥的酒。王大醉，梦呓不断，王说，姒，我的姒，你为王笑一个好吗？

褒姒动容。

褒姒伸手抚琴，琴声更加幽幽。窗前飞过一只鸟儿，不忍卒听，振翅飞走。落在不远处的一棵树丫上，独自回过头来，哀鸣不已。

褒姒焉能不知王的好？王为了她，不惜跟太后闹翻了。王为了她，把无有过错的皇后废了，遭到万人唾骂，朝中大臣人心背离。王为了她，江山社稷都看作粪土。

褒姒深深叹了一口气。突然，一个声音，萦在耳边，姒，我是你冤死的娘亲，你要为娘亲报仇啊。桌上的白莲，变幻出一张女人的脸，凄艳绝伦。

褒姒一惊，嘣一声，弦断。

王外出打猎归来，喜形于色，旋风般地冲进宫殿，身上的猎装，都未及换。他径直冲到褒姒的寝宫，拖起褒姒就走，一边走一边哈哈大笑，褒姒，我要给你一个惊喜。

黄昏已沉，暮霭四起，褒姒做梦似的被王抱到他的马背上，王载着她，一路飞奔。风在耳边排山倒海。天地之间，仿佛只剩下他们，像凌空的鸟。褒姒忽生贪恋之心，暗暗祈求，上天啊，就让我这样随着王，浪迹天涯，永永远远走下去，不回头。

王的马，却突然停下。风止，夜色四合。

褒姒看见了一堵城墙，和周围隐约的青山。

王牵了褒姒的手，一步一步走上城墙。暮色之中，青山显得风姿绰约。

烽火台旁，待令的士兵，笔直地站着。王察看了一遍，满意地微微颔首。他执了褒姒的手，深情款款地看着褒姒说，褒姒，今晚，我要让全天下的人都知道，我是多么爱你。

褒姒心中已了然，褒姒说，谢谢王。

那你肯为我一笑吗？

褒姒答，好。

只一个字，却在王心里掀起万股巨浪，为了博美人一笑，王真可谓煞费苦心，亏得谋臣虢虎献了这"烽火戏诸侯"计。

王手臂一挥，一声令下，烽火点燃，刹那间照亮大半个天空。战鼓齐鸣，轰轰轰响彻云霄。

不过一盏茶的工夫，天边忽然传来马蹄声，雷声滚滚。东边有了，西边有了，南边有了，北边有了。近了，近了，天地在咆哮。不一会儿，城墙下已是一大片黑压压的人群。四方诸侯看到烽火，都急慌慌地赶来了。

王，哪里有战事？诸侯们仰了头问。

王站在城墙上，哈哈大笑。王冲着城墙下的诸侯挥挥手说，大家散了吧，烽火是我和王后点着玩的。

四方诸侯感到极度震惊和意外，大家敢怒不敢言，无比怨恨地把坐下的马，打得长嘶狂奔。一队又一队人马，迅捷散开，雷声滚滚，滚向远方。褒姒见状，忍不住拊掌大笑，火光之中，她的笑，如蓓蕾盛放，妩媚妖冶。

王的眼睛一眨不眨地看着她，如痴如醉。

战事突发。

大队人马把王的城，围了个水泄不通。

王慌忙带了褒姒上城墙，下令士兵们放烟鸣鼓。

诸侯们都看到烽火了，都听到鼓声了，却端坐家里，按兵不动。他们以为王又在玩点烽火的把戏。

烽火惨淡。城外的敌兵多如蝼蚁。

怕死的士兵，临阵反叛，乱箭射死王。王临死之前，紧紧拽着褒姒的手，王说，褒姒，我知道烽火不能随便点着玩的，我知道的。可是，为了你，我愿意冒任何险。我不遗憾我爱你，只是遗憾，我不能再爱你了。我的姒，你能不能为王，再笑一回？

褒姒想笑，咧开嘴，却哭了。她的泪，一滴一滴砸在这个深爱她的男人身上。男人定定地看着她，长叹一声，缓缓地闭上了眼睛。

兵们欲往上冲。他们的头领放言，要活捉了褒姒这个美人。

褒姒握了一把战刀在手，战刀在白月光下，闪着清冷逼人的光。兵们被震慑住了，没有一个人敢冲上前。

褒姒开始起舞。今夜，王，我且为你舞。水袖漫天，一曲舞尽，月如钩，人已凉。

收拢了水袖，褒姒弯腰，跪伏到这个最爱她的男人身边，轻轻擦去他脸上的血迹。上一辈人的仇恨，该了结了。他的父王，她的母亲，前世纠葛，今生偿还。她展颜一笑，百花凋落。刀起，她美丽的身子，缓缓倒在王的身边。

她第一次唤他的名字，姬宫湦。

姬宫湦，若有来世，我不是褒姒，你不是王，我们就做乡野一对寻常男女，我一定嫁你为妻，陪你生生世世。

四野寂静，大地死去一般。

远处，有夜鸟突然而鸣，凄清的一两声。一个国，沦陷了。

睡莲

我以为贾鹏芳是个女人，且是个长发飘飘面若芙蓉的女人。导致我产生这样的误解的，是他的音乐。我是第一次听，他的专集《遥》。这是个很容易让人浮想翩翩的名，是山迢迢水渺渺的遥，是望不尽天涯路的遥。

而当音乐旋起，这遥，就成了一点青峰，半江残阳，数只寒鸥……心是二胡上的一根弦，不由自主地随着他，跋山涉水，起伏跌宕。我想，这世上，大概只有女人，才能把情，解读得如此细致。

后来看到他的照片，一袭白衫，戴金边眼镜，文弱书生的模样。旁配一段文字介绍：贾鹏芳，1958 年 4 月生，二胡演奏家，中国音乐家协会、日本东洋音乐学会会员。不禁莞尔。

他的《遥》里面，我极喜欢的是一首《睡莲》，能把人的心揉碎。我怕听，又抵制不住想听。于是常于一些微凉的黄昏，或是夜晚，倾听。这个时候，红尘隔绝，只有一泓碧波，荡漾开来。波上散落绿叶点点，圆盘子似的。莲在叶间，风拂来，花轻轻绽开。瓣瓣粉红中，一点素白，上有露珠盈盈欲坠。是心事三两点，不可语。

又或是，月下女子，眉似剪剪风，眸中秋水暗涨，红烛泪落，长夜不成眠。这个时候，可以思，可以忧，可以哭，可以爱……怎么都可以的，折腾到倦怠，也还是一个人的独角戏。红尘里，什么最令人神伤？是门扉紧闭，等待中的那双手，迟迟没有叩响心中的寂寞。一样花开，到底为谁？

乐曲幽怨彷徨，美得冷艳。我想起童话里的睡美人，一朝睡去，纵有千呼万唤，她亦是不肯醒过来的。只等王子到来，在她唇上轻轻一吻，她沉睡的眼，才会张开。爱人啊，我等你，我等的就是你。那一刻，云不飘，水不流，天地亘古成永恒。

我亦想起遥远的童年，乡下，一个爱种睡莲的女子。她在一只水缸里养睡莲，花开的时候，会吸引了我们去看。我们看花，也看她。她有乌黑的长辫子，是我们向往的。她有甜蜜的大酒窝，是我们向往的。我们小小的心里，就有了这样的梦想，长大了，一定也要留像她一样的长辫子。后来，她恋爱受挫，于一个月夜，投河自尽。从此，她家再不见睡莲花。

今日，我于一曲《睡莲》中，想起她，想那时，她若躲过那一劫，会不会也有花好月圆？二胡幽幽，一枕清水。箫与钢琴的唱和，更使整首曲子，浸染了湿漉漉的哀愁。仿佛哪里伸出一双手来，就那么攫住你的心，你单凭乐曲沉浮，无能为力，只能眼睁睁看着自己陷进去，化作一朵睡莲花，于午时疼痛开放。

有些你以为忘记掉的往事，这时，不可思议地涌上心头，不可思议地，让你想哭。生命中的经历，它不是一袭风，吹过就吹过了，了无痕迹。而是岁月暗生的痣，不知不觉，就长在你的心口上。

Chapter 03

只因相遇太美

于杰的样子，隔了山隔了水地飘过来，白衫，白裤，微微笑着。想再细细看，一切却如一片草甸，一叠山峦，云烟漫起，那么远那么远。她摇摇头，一片梧桐叶落下来。哦，人生又是一季了。

人间的羊卓

从海拔高五千多米的甘巴拉山口下来，远远就望见了一枚蓝，像块蓝宝石似的，镶嵌在喜马拉雅群山之中。又似一条蓝色绸带，系在山腰间。导游小闫宣布，羊卓雍措到了。

羊卓雍措，在藏语里是"碧玉湖"、"天鹅池"的意思。它是西藏的三大圣湖之一，是喜马拉雅山北麓最大的内陆湖。因汉口较多，像珊瑚枝一样，藏族人又称它为"上面的珊瑚湖"。

一车人激动起来，啊啊啊大叫，手舞足蹈，恨不得立即跳下车去。司机见多这样的场景，他笑了，慢条斯理说，别急，车可以停到湖边去的。

真的靠近了。眼睛和心，立即被蓝填满。那是怎样的一汪一汪蓝啊，比天空的蓝更深邃，比大海的蓝更醇厚，蓝得一心一意，蓝得彻彻底底。仿佛蓝缎子似的，在阳光下抖开，风华绝代。又如凝脂，蓝的凝脂，细腻圆润。我的耳边响起当地民歌：天上的仙境，人间的羊卓。天上的繁星，湖畔的牛羊。

湖这面有高高的草甸，碧绿的草，密密匝匝。湖对面有像版画似的山，山脚下绕着绿的青稞、黄的菜花。天空蔚蓝，白云几朵，与蓝的湖相互辉映，摄人魂魄。我的高原反应强烈，呼吸渐感困难，但我还是坚持下了车，手脚并用爬上湖边的草甸。

草甸上，一群忘乎所以的游客，在清冷的风中载歌载舞。然歌声也只响亮了一会儿，便停息下来，高原氧气不足，实在不宜大声。那么，就静静的罢，我坐在草甸上，面对着温润如玉的湖，有一刻，我不能相信自己，真的就来到了这个地方。是我吗？是我吗？我这么问自己。浩渺的宇宙中，我也是一个存在，如这片海拔四千四百四十一米的湖。我为这个存在，感动得双眼蓄满泪。

我的身旁，出现了两个十八九岁的男孩，他们戴着头盔，腿上绑着护膝，脸庞黝黑，风尘仆仆。他们先是怔怔地望着这片湖，尔后，双膝突然跪下，对着这片湖，哭了。

我从交谈中得知，这两个孩子是武汉某大学一年级学生，对西藏一直很神往。暑假前，同宿舍五六个人一合计，决定骑车进藏。途中，有四个同学先后撤退，剩下他们两个。为了省钱，他们没住过一天旅舍，没进过一次饭店，困了，就睡在随身带的睡袋里，饿了，就吃一些饼干或是方便面。也曾想过放弃，但却心有不甘，神圣的土地就在前方，他们一定要踏上它，也算完成人生的一次挑战。最后，在历经一个月零六天之后，他们终于到达拉萨，到达这里。

我祝福了他们。我想，他们吃得了这样的苦，将来的人生，还有什么坎不能迈过去呢？

风凉，湖边不能久待，短暂的会晤，我们不得不离开。我们各自上路，萍水相逢，却有了共同的思念，这片湖，这片蓝，将几回回梦里相见？

同行中有人叹，真想在这湖边搭一座小木屋，日日与这美丽的湖相伴。立即有人接话了，这么高的海拔，你待一会儿可以，待上十天八天的，怕是小命早没了。我在一旁听得高兴，这真是好，它美得高不可攀，这才保持了它的本真。如佛祖流下的一滴泪，永远纯洁晶莹在那里。

访径山寺

　　一千三百多年前，年近不惑的法钦禅师，云游至余杭径山。径山的钟灵清幽，系住了这位远道而至的僧人的脚步，从此，他在山上结庐定居，种茶礼佛。他断不会想到，日后，他所结之庐，会建成规模宏大的径山寺，位居江南五山十刹之首。南宋孝宗皇帝曾亲笔御题寺额：径山兴圣万寿禅寺。

　　寺兴，自然引来善男信女无数。跋山涉水来此参禅的僧人，亦是络绎不绝。鼎盛之际，寺内有僧众三千余人。文人墨客，也多有造访。其中最著名的，当数苏轼，他一访再访，留下洗砚池一方，诗作数篇，如"雪眉老人朝叩门，愿为弟子长参禅"。而法钦禅师所种之茶，因其味鲜芳，特异他产，成了远近闻名的径山茶，庇护了一代又一代径山人。他们在山上栽种茶树，以茶养家，活得如茶一样滋润与芬芳。

　　秋末的一天，我慕名去访径山寺。询问当地人，都知道呢，他们黑红的脸上，漾起笑来，哦，是去山上看庙啊。他们用了一个"看"字，亲切、随意，没有距离感，像去看一个关系亲密的人。

曲曲折折的径山古道，宛如一条巨蟒，盘旋而上。道旁遍布植物，野草野花自不必说，时有一棵两棵的枫树，顶着一树火红的叶，站在草的青绿、橙黄与野花的粉白之中，令人惊艳。这自然的色彩的分布，原也是有张有弛的。

竹多，漫山遍野。都是挺拔蓊郁的。路一程，竹一程。拐过一个弯，以为到尽头了，哪知一块山石横截，路又拐了弯去，盘旋而上。竹也跟着拐了弯去，高低错落。午后的阳光，透过浓密的竹叶，碎碎的，落在古道之上，像一群可爱的小银鱼，在铺着大小不一的石块上，活活泼泼地游着。蝴蝶是山上最快乐的生灵了，它们在竹林间，在花草间，自在地穿来穿去，捉迷藏一般的。

静。风不吹，竹不动。听得见花开的声音，蝴蝶飞舞的声音，阳光掉落的声音。走累了，随地而坐吧，摊开一张纸，蘸着阳光，画画眼前的景。一只蝴蝶，把我的纸误当作花朵了，它飞过来，停息在上面。那一刻，我不敢发出一点声息，我盯着这只蝴蝶看，我确信，它也在盯着我看。在蝴蝶的眼里，我是一棵竹，一株草，还是一朵花呢？

有人声从竹林深处传过来，如鸟鸣。是些挖笋的山民。路上我遇到几个，提了布袋和小锄头，他们的头上肩上，有阳光的影子在跳跃。他们弯腰在路边，在落叶与草丛中随便一拨弄，一棵肥硕的笋，就到了他们手上。我立在一边看，惊奇地问，怎么知道这下面有笋的？他们答，一看就知道啊。我笑了，他们这话说得，禅意得很。

站在高处的亭台上，俯瞰下去，满眼的重峦叠嶂。一畦一畦的茶树，像一条一条的绿带子，镶在半山腰。阳光蒸腾，竹海成浪，一波一波。我由衷地羡慕法钦禅师，这等的好去处，他一住就是几十年。他应算是，把佛文化与茶文化融在一体的人了。佛心即茶心，清茶一杯在手，内心澄清，世事通透。

过十八罗汉台，东坡洗砚池，御碑亭，千年古刹就展现在眼前。黄的围墙，红的屋顶与翘起的飞檐，在参天古木的掩映之下，隐隐约约，尤显安谧与宁静。高大的寺门，上书"径山万寿禅寺"。禅院深深，里面有保存完好的古建筑钟楼，有气宇不凡的新建筑鼓楼。晨钟暮鼓，世间时光，便在此一轮一轮地，悠悠度过。

游人三三两两，都是轻轻的，生怕惊动了佛门清静。有梵音从大雄宝殿后面传过来，袅袅不绝。我以为，世上好听之音莫过于梵音，它如水似风，能让人在瞬间安静。尘世纷扰，没有什么不能放下的，以一个洁净的灵魂，面对吧。

我在悠扬的梵音里驻足，发痴。我想的是，这古道之上，这古刹门前，谁的脚印叠着谁的脚印？每一脚下去，都有相逢相亲的欢喜。我对着每一个与我擦肩而过的陌生人微笑，能在这古刹门前相遇，我们都是有缘人。

且吟春踪

一直很喜欢古筝，觉得这种乐器真是奇特，轻轻一拨，就有空山路远的感觉。更何况，它配了优美的音乐来弹呢？那简直，是在人的心上装了弦，每弹拨一下，心，就跟着婉转一回。完全的不由自主。

听《且吟春踪》时，我就是这样的不能自抑。这是初春，阳光晒得人想打瞌睡。街上有了卖花的人，是一种九叶菊，满天星一样的小花儿，缀满泥盆。下面的叶，都看不见了，只看到那锦帕一样的一团碎花。卖花人不叫卖，只管笑吟吟立在一盆一盆的花儿边，看南来北往的人。脸上有春光荡漾。

我笑看着这一切。远方的朋友突然打来电话，他说，春天呢。我笑回，是的，春天呢。他说，给你首有关春的乐曲听。于是，他发来这首《且吟春踪》。在我打开之前，他介绍，这是一首佛乐。

打开的手，就有些迟疑。因为佛乐在我的感觉里，不好听，是重重复复念着南无阿弥陀佛的，念得人的心，很苍老。朋友却强调，这首不一样，绝对不一样，它把古筝的清丽幽远和佛的禅意完美结合在一起了。

我将信将疑地打开，立时就被吸引住了。空灵的音乐，加上古筝的绝响，恰似一股清泉，曲折而下，渐渐淹没了我的人，淹没了我的屋子。又似旷野里一捧夜色，让人温柔地沦陷，是地老天荒哪。有一刹那，我不能言语，世上怎会有如此美妙的音乐？它美得让人想落泪。

整首曲子，舒缓潺湲，纤尘不染。是在那高高的山上，流云和青山嬉戏，风吹来花的香。是在那古刹之中，檐角挂着小铃铛，一下一下地，发出清脆的丁零声。有鸟飞过屋顶，成双成对。落光叶的树上，开始长毛毛了，枝条舒展，柔软。远处人家，有鸡在草丛中觅食。蜜蜂该出来了吧？种子在地里欢唱。阳光，如佛光一样地，剔透耀眼。

乐曲不疾不徐，轻轻流淌。似清风，翻开一页一页的书，一页有流水叮咚，一页有窗前好春色。佛前的青莲，在轻弹慢拨之中开了花。那些长夜的祷求，为的什么呢？六根未净，苦海无边，但，终有一天，心，会净化得一尘不染。再厚的重帷，亦挡不住春光。

忽然想起有一年在无锡的锡山，在山上的凉亭里，看到有女子着古装，低眉敛目，在那儿续续弹。弹的就是古筝，叮叮咚咚。她的背后，一抹青山，静谧而安详，仿佛永生永世。那景，美得像梦，让人瞬即忘了，山脚下，原还有个尘世的。

亦想起，英国诗人兰德写的诗来："我和谁也不争，和谁争我都不屑；我爱大自然，其次就是艺术；我双手烤着，生命之火取暖；火萎了，我也准备走了。"人世中的纷争，原是轻若烟尘的，能够永恒的，只有山川河流，日月星辉。乐曲继续舒扬，阳光正好。空气中，满是春天的味道，清新、恬淡。心，在乐曲的潺湲里，慢慢靠近禅，无求无欲。屋后累积了一冬的冰，开始消融了，听见草长的声音。亦听见，绿们正整装待发，只待一夜春风起，便染它个江山绿透。

天边

知道贺西格和马头琴，是从一首叫《天边》的曲子始。

怎么来形容这首《天边》呢？当曲子舒缓地铺开时，我只觉得，一个草原，来到跟前，草绿绿的，花艳艳的，风吹得很远。滚圆滚圆的夕阳，在天边游走。马儿嘶鸣着，褐色的鬃毛，是黄昏里长出的另一种草，顽强，坚韧，金光灿灿。也有山峦起伏，上面匍匐着攀缘的目光。"天边树若荠"，如线的炊烟，飘得渺渺茫茫。

暮霭起了，渐渐吞没了草，吞没了花，吞没了马群，吞没了蒙古包，吞没了守望的人。天边成了黑沉沉的遥望，星星在头顶，像灯盏。

我不得不说一说演奏这首曲子的乐器——马头琴。这种乐器，在蒙古语里被称之为"莫琳胡儿"，早在十三世纪就有了。马可·波罗来中国，曾把蒙古人的这种"莫琳胡儿"带回去，据说后来欧洲的小提琴，就是由马头琴演变而来。

却觉得，这两种乐器，根本是两回事。小提琴过于优雅了，是铺着白台布的餐桌，还有斟满红酒的高脚酒杯。抑或是小桥流水上的一轮月，是碧波上泛着的一扁舟。而马头琴，却是猎猎的风里，无边的旷野中，独自行走的灵魂。翻山越岭，四处漂泊，只为寻找它梦中的家园。

这样的乐器，里面浸润着太多草原的汁液，马的灵性、悲怆、深情。而贺西格，这个从小生于草原长于草原的蒙古汉子，他的血液里，奔流的，何尝不是这样的悲怆和深情？十二岁的贺西格，向往同学手中的一把四胡，家里倾出一个人半个月的生活费，托木匠给他做了一把。他人生的跋涉就是从那把四胡开始的吗？十六岁，他无师自通拉起马头琴，从此，马头琴成为他生命中的一部分，梦是展翅飞翔的一只鹰。

听贺西格的《天边》时，极易让人想到灵魂，草原的灵魂，马的灵魂，人的灵魂。这真是很玄的东西。谁生来没有梦想？骨子里，都对天边怀着无限向往。小时我曾支着下巴，不止一次问祖母，奶奶，你说天边有什么？祖母答，天边啊，是王母娘娘的家，那里住着很多仙女。于是，我的向往，是霓裳一片。

我还想到风。是的，风，很大的风。四野空旷之中，风是孤独的旅人。如果你想流浪，你就跟着风走吧。那么体己的风，你张开双臂，你就可以拥抱它。尔后，你们依偎着一起走。天边很远，亦是无妨的，总有一天，你会到达。

想当年的三毛，是不是也受了风的诱惑？她把自己放逐到天边，风吹起她的牛仔衣襟，吹起她墨黑的长发，她跟它们，是如何喁喁私语的？天边不可说，不可说，那么走吧，梦想在那里，爱人在那里。当她终于安顿在撒哈拉大沙漠里，为亲爱的荷西包出一碗一碗饺子时，一生的梦想，只剩下一个字：爱。

我们终生寻觅的，不就是这个"爱"字吗？一直记着一部电影里的一个镜头：一个女孩，站在火车隆隆驶过的铁轨旁，眼光牢牢盯着火车驶去的方向，喃喃语，他在尽头吗？火车轰隆隆兀自开去，遥远的天边，延伸得很远。

布仁巴雅尔演唱的《天边》，则演绎出另一种风情，"天边飘浮的歌声，述说着无尽的爱慕"，他让不可亲近的天边，变得可触可摸。他醇厚而辽阔的嗓音，把一首《天边》，幻化成山川流云，在你的心里缠绵了再缠绵。望尽天涯路。人生所有梦想，在生命里，一一策马走过。

相遇冰峪沟

冰峪沟位于大连庄河北部山区，内有众多沟谷，群山一蓬一蓬，散落其间，玲珑秀美。英纳河、小峡河两河，穿梭其中，清亮澄明。山枕着水，水绕着山，形影相随，不离不弃，勾画出一幅幅妙不可言的天然画卷。人称辽南小桂林。

我去时不是节假日，游人不多，山谷，静。水流声，风吹声，鸟鸣声，游人的轻语声，便格外分明。谷里树木繁茂，多古树，树们沿谷底一路攀升。野花遍地。开得最为热烈的，当数小野菊了。星星点点，红红白白，有趴在裸露的岩石上的，有夹杂在荒芜的草丛里的，石因它变得秀美，草因它变得多情。同行中有女子，忍不住俯身去采那些花，很快手里便有了一捧。花开在她胸前，她的人，眨眼间明艳得让人心动。男同胞们见状，纷纷加入进去，在草丛里摘花。"这朵好！""那朵也好！"——他们欢快地叫。

不时有小松鼠从林子里跑出来，小尾巴翘得高高的。看见游人，不惧怕，而是好奇地张望一通，复又遁入林子里。

我看天。天在山峰上，与山峰嬉戏。不遥远，仿佛只要我登上山顶，便可以抚摸到。我看山，山把眼睛塞得满满的。

湖水汤汤，倒映着两岸山峦，山在水里走，水在山中行。人最是有福的了，既在水里走，又在山中行。左岸的山，笔直向上，裸露的岩石，有着赭红的皮肤，或是赭黄的皮肤，斑斓如油画。右岸的山，披了一身红叶做的衣裳，活泼俏丽，华美风情。往后看，是山。往前看，还是山。峭壁秀绝，鬼斧神工。时有一抹艳红跳入眼睛，是野杜鹃吧？是波斯菊吧？山峰无一例外的，都是青得泛黛的。彼时，只觉得身体轻盈，风一样的，飘上去，飘上去。好，且化作那湖中一滴水，且化作那山上一抹红，且化作那山峰上的一朵云……怎样，都是好的。只求与这自然，融为一体。

著名的仙人洞，位于龙华山天台峰的悬崖下。通往仙人洞的路叫"梯子岭"。从远处看，"梯子岭"曲曲弯弯，游蛇一般蜿蜒而上。到底有多少级呢？有说八百的，有说六百的。当地人的歌谣唱得极有意思："上山八百八，进庙就能发。下山六百六，进庙就长寿。"

有洞必有传说，传说曾有一位叫宏真的高僧，在这里修炼成仙。洞府很大，洞中有洞，里面建有庙宇，始建于明朝。庙中供奉的分别是释迦牟尼佛、宝幢王佛、弥勒尊佛，两侧为十八罗汉。右侧，是一幢木结构的二层楼，为"玉皇阁"和"三官殿"，供的是道家尊奉的神仙。在这里，道僧合一，门派不同，却又是殊途同归的，那就是：积德从善。红尘万丈，人心所向，莫不如此。

一道士从庙里走出，玄衣玄鞋，长发及肩，很有点仙风道骨的韵味。问他："从这里可以攀到山顶吗？"他笑而不答，走到悬崖边，靠近栏杆向下望。我们亦跟过去，向下望。数座山峰，尽收眼底，远远近近，美不胜收。原来，我们已临近山顶而不自知。

会说话的藏刀

导游洛桑，是个迷人的康巴汉子，浓眉大眼，身材魁梧，说一口流利的普通话。他是我们游香格里拉的地陪。一上车，他就给我们来了一个九十度的大鞠躬，浑身是笑："欢迎大家来我们香格里拉做客！你看，天多蓝，云多白！我爱我的家乡！扎西德勒！"

我们很快喜欢上这个年轻率真的康巴汉子。一路上，他一直滔滔不绝着，说当地的风土人情，讲茶马古道的故事，学藏獒叫，唱藏族小曲。他喉咙一展开，我们立即吓了一大跳，那声音简直是金属的，金光灿烂，亮闪闪一片。我们说，若是他去做歌星，保管走红，原生态嘛，现在都热衷这个。洛桑听了，很认真地回答："不，我爱我的家乡，我就愿待在这儿，哪儿也不去。"

我们听不懂他唱的藏语，他就用汉语字正腔圆一句一句翻译，当翻译到一句"草原上的姑娘卓玛"时，我们中有人笑："洛桑呀，你有没有你的好姑娘？"

洛桑哈哈乐了，眼睛瞪大，一本正经答："有啊，我的好姑娘，是世上最漂亮的姑娘。"他告诉我们，他的好姑娘，也是个导游。他们带不同的旅游团，在同一片天空下转着，却难得相见。洛桑说这些时，嘴边一直飞着笑，表情柔和且安静，让人感动。我们于是都在想象他的卓玛，穿镶花边系绣花腰带的藏袍，有漆黑得如深潭的眸。问洛桑："是这样吗？"洛桑频频点头："是的是的。"

停车吃饭，一眨眼不见了洛桑。出门，却发现他蹲在人家水池边，就着一块磨刀石，正专注地磨着他佩的藏刀。问他："带藏刀干吗呢？"他解释："这是藏族人服饰中的一块，藏族人着装，是要佩了藏刀，才算着好装了。这是流传下来的习俗，藏族人最初是用它来防身和切肉吃的。"我们要他示范一下他的刀快不快。洛桑就找了一根铁钉，削了下去。铁钉当即被削断。

即便是这样的锋利，洛桑一有空闲，还是取下他的藏刀磨。这让我们大大不解。洛桑轻轻插刀进鞘，说："我这刀是有灵气的，我把我手上的温度，磨进刀里去，它就会说话。"我们知道他是开玩笑，都跟着一乐。

车过一峡谷，洛桑看着窗外，突然变得很兴奋，洛桑问我们："可以停一下车吗？就五分钟。"我们都伸头往窗外看去，就看到与我们相向的一辆旅游车，停在路边，一些游客散在路旁，正对着峡谷拍照。大家好像明白了什么，都一齐说："我们也下去拍照吧。"洛桑一弯腰，冲我们感激地说："谢谢大家了，扎西德勒！"

洛桑是第一个跳下车的，他刚跳下车，我们就见到一个藏族姑娘，从那边车旁奔过来，黑黑的脸庞，胖乎乎的身材，穿着红底子碎花的藏袍，没系绣花腰带。这应该是洛桑的卓玛了，很一般的样子。我们一行人，都有些失望。

接下来看到的，却让我们感动无言。洛桑和姑娘面对面站着，对着傻笑。后来，她取下她的藏刀，他取下他的藏刀，他们互相交换了藏刀，伸手按按对方的刀鞘，仿佛在看，那刀是不是在对方的刀鞘里安妥了。她理理他的衣领，他拍拍她的肩，然后回头，招呼各自的游客上车。

车上，洛桑说："那是我的姑娘。"我们点头："知道。"洛桑就笑了，问："我的姑娘漂亮吧？"我们说："是，漂亮极了。"洛桑听了，非常高兴。他告诉我们，两人长期在外带团，见面少，他们就想了这个法子，每次遇到，就交换一下藏刀，因为对方的温度，会留在刀上。

想来，她在一有空时，也一定取出藏刀，不停地磨啊磨。她把她的情和暖，也磨进刀里面。

佛不语

去威海，是要去赤山看看佛的。

它原是住在赤山红门洞里的山神，被称作赤山明神。赤山因它成为东方神山，名扬天下。传说其法力无边，福佑大千，功德无量。在日本、韩国也备受推崇，那儿的许多寺院里，至今仍供奉着它。佛不分国界，佛光普照。

赤山山势起伏，壁立千仞。旁有大海缠绵悱恻，海水湛蓝。阳光下，海水闪着绸缎似的光泽。佛坐在高高的山巅之上，坐南朝北，面向大海，目光平和，稳重厚笃。它的左手随意搭放着，右手臂提起在胸前，手掌向下。如慈母在照看孩子。哪里的佛，都是这样的，身上罩着母性的光芒。世上母亲，原都是佛。

我们一路行去，阳光透明，反倒蒸腾起一片雾霭，如轻纱缥缈。赤山便笼在这样的轻纱里，梵宇僧楼，婉约其间。不时相遇到绿树红花，人一样的顾盼生姿。你停下，与一棵树，或是一朵花对视久了，不由得笑了。到底是神山啊，那树那花，仿佛就要开口说话。

大佛高达五十八点八米。人站在下面，人如蚂蚁。我们这群蚂蚁仰望着慈眉善目的大佛，心像被什么点化了似的，一时安静无语。对佛，你可以不信，但不可不敬，这也是对他人信仰的尊重。

年轻的导游小姐考我们，你们知道佛的右手掌为什么向下吗？大家说出的答案五花八门。最有趣的一个答案是，佛要伸手拿东西吃。这是烟火凡尘里的佛。大家都笑起来。

真正的答案却是，海上多风浪，佛掌向下，是为了抚平海上风浪，让出海的渔民和过往的商贾船只能安全抵岸。所以，当地人逢年过节，或是出海远航，都要到佛前拜一拜的，求健康求平安。

同行中一大男人突然问，灵吗？导游小姐回眸一笑，说，当然灵，只要你心诚。

男人立即面对佛像，双手合掌，目光低垂，如此长达五分钟之久。等他拜佛完毕，大家取笑他，你也信这个？他笑了笑，没说什么。后来才听他说起，他的妻子生病不断，他拜，求的是心安。同行中一女孩，一路之上，很少说话，心中似有悲痛无法化解。当我们踏上一百〇八级台阶，抵达佛殿，看到她正低眉敛目，跪伏在佛前。我们没有打扰她，默默绕开去，在殿外等。

许久之后，她出来，脸上现出笑容，人也变得活泼起来，主动跟我们提出，要和我们合影留念。她心中的结，一定对佛讲了。佛不会背叛，不会泄密，佛是最好的听众。

我们下山去，遇到另外几拨人上山，他们亦是来看佛的。佛不语，它坐在高高的山巅之上，一日一日，守望着红尘万丈。你来，或者不来，它就在那里。大爱无言，大音希声，这是佛的力量。

大山深处的苗寨

去苗人谷。

天下着雨，不是出游的好天气。但一车的人，还是很兴奋，对将要抵达的那个地方，充满了期待和想象：苗族人穿什么衣服？吃什么饭菜？住什么样的房子？讲什么样的话？那赶尸和放蛊是真有其事吗？碧绿的草甸上，苗家阿哥和阿妹，又是怎样用山歌传情的？这一切，在我们脑海里，形成一幅一幅神秘的画卷，它是隔绝在红尘之外的。

负责全程陪同我们的，是一个苗家阿妹。矮小的个儿，黑脸蛋，笑起来嘴边有两个浅浅的酒窝，很甜美的样子。她一上车就这样介绍，我的汉语名字叫龙雪晴，你们可以叫我阿妹，或点菜。点菜是我们苗家称呼女孩子的，男孩子则叫点泡。我们一听乐坏了，就一个一个互相指着叫"点泡""点菜"、"点菜""点泡"。车厢里，腾起欢乐的浪花，来自不同地方的陌生人，一下子成了熟识。

车在山道上匀速行驶，车窗外，是碧绿的山，碧绿的雨。山顶上，水雾蒸腾，如同仙境。山脚下，散落着苗族人的房子，还有庄稼，是些水稻和苞谷。龙雪晴给我们讲将要去的苗人谷，说那里的人们一直生活在大山深处，日出而作，日落而息，基本不与外界往来。女孩子八岁开始学刺绣，男孩子从小会唱山歌，他们的爱情是通过山歌来完成的。那里的人，以前不了解汉人，对汉人一直很抵触，如果哪家有小孩子不听话了，哭闹了，大人就这样吓唬小孩子：再哭，就把你送到汉人那里去！小孩子立即吓得不哭了，因为那些小孩子从小就被教育着，若被汉人捉去，汉人是会把苗族人榨成油的。

现在不是这样的啦，龙雪晴的嘴边现出两个小的酒窝来，说，从前年起，苗人谷中有部分年轻人，走出寨子，走到外面世界来，他们学会了汉语，有的做了导游，譬如我。

我们的眼睛立即睁大了，看着她不相信地问，你真的是从苗人谷走出来的？她笑了，是啊。她回忆，当她把第一批游客带到苗寨时，他们村子里的老人们惊惶地问她，点菜，是不是汉人又打进来了？

现在我们苗族人，已不这样看你们汉人了，他们把你们当作尊贵的客人。不过，她关照，他们有他们的习俗，大家去了后，要尊重那里的习俗。比如，你不能给苗家孩子钱和礼物，你若给了，他们不但不会感激你，还会怨恨你，认为你那是教坏他们小孩子，让小孩子从小有了不劳而获的念想。他们更讲究自立。

雨在车窗外，碧绿地下着。我们一时都沉默着，对未曾谋面的苗族人，有了敬畏和敬重。

车子开不进苗人谷。

我们下了车，步行。天上的雨，这时已小多了，飘得零零散散。我们干脆雨具也不拿，让雨淋着。山间的清新气息，随便伸手一抒，就是一大把，我们深深地吸着，奢侈极了。龙雪晴告诉我们，这样的雨天你们进寨子，苗族人是最喜欢的了，认为是龙王出行，我们苗族人对龙王敬得很，我们靠天吃饭。大家听了，觉得幸运。

山间的小路弯弯曲曲，路两边，小野菊们开得星星点点。山林深处，鸟叫得欢，这边叫，那边和。这一派未染杂尘的自然，让我们陶醉。我们一行人，走了很远很远的路，才隐约望见，陡峭的山谷上，书写着三个大大的红字：苗人谷。我们惊呼，到了吗？龙雪晴答，没呢，还得翻过两座山，越过一条湖，才到苗寨的。她说得轻轻松松，我们的腿，却在打战了，怨不得苗族人与世隔绝，他们要出一次山，多么难！

谷口有望风台，草棚儿搭在半空中。据说是当年土匪出没的谷口。有游客攀上草棚子里去，换上土匪服装，拍照留念。我们问龙雪晴，你们怕土匪吗？龙雪晴答，怕，也不怕。那些土匪，也是苗家人哦，穷得过不下去了，才上山做了土匪，他们劫富济贫的。

一时我们都无言。我们本以为的"坏"里面，谁知道有多少人生的无奈呢？

我们沿着当年土匪出没的山路往山上攀登，显然，这是经过修整的一段山路，有护栏，有顺势而凿的石阶，在黑乎乎的山洞里，有点好的蜡烛照明。即便这样，我们还是走得一步一滑的，有的地方，须得手脚并用才不致摔倒。不时有惊叫声，从我们当中传出。这个时候，龙雪晴必会从前方回过头来关照，小心哦。到底是苗人谷里走出来的姑娘，她走得很轻快。我们不由得表示敬佩。她却轻浅地一笑，说，我们苗家人，从小，就在这些山上滚爬的。

穿过一道山溪汇聚而成的瀑布，我们游览了当年的土匪窝，不过一很大的山洞，里面简陋得不着一物。我们心生感慨，原来做土匪也是这般不易，躲在这深山老林里，不见天日，能有多少人生乐趣？

我们继续向山顶攀缘，对面山壁上，有洞穴，在半山腰。有个男人，赤膊在里面。我们惊奇不已，那么陡峭的山壁，他怎么上去的？他待在里面干什么？龙雪晴显然跟那人很熟，她冲他一阵叽哩呱啦，那边回她一阵叽哩呱啦。我们问，那苗家阿哥在做什么呢？你跟他说什么呢？龙雪晴说，他在捉鱼呢。我跟他说，要他当心山上的野兽，天黑的时候就回家。

捉鱼？在山洞里捉鱼？我们越发惊奇不已。

龙雪晴淡淡笑了，说，是啊，他在捉鱼。山上有溪水流下来，有鱼被溪流冲下来，经过这个山洞，他在山洞口守着呢。

我们仰望那座山，想着鱼从天上来。这样的捕鱼方式，怕只有苗人谷这地方才有。我们问龙雪晴，他真能捉到鱼吗？

龙雪晴望望对面的山说，总能捉到几条吧。

大家"哦"了声，很快被一块奇石吸引了去。而我，却一直在想，寂静的山林，寂寞的深谷之中，山壁洞里那个捉鱼的苗家男人。我有些难过。我不知道我为什么会难过。

坐船渡过一条叫杏花湖的湖，我们上岸。踏上蜿蜒向上的石级，苗寨就掩映在石级之上的一片深山中。

一路只闻水声，哗哗地流。那是山涧溪流。树木青翠葱茏，绿意缠绕。我们只觉得，身的衣裳沾染着绿，呼出的气息，沾染着绿，我们成了绿人儿。不闻人声。这样寂静地走了一路，终于望见一截矮墙，立在寨子前。有童稚的歌声响起："苗寨故事多，充满喜和乐，若是你到苗寨来，收获特别多。"是改版的《小城故事》。我们都被这歌声逗笑了，我们中一人紧走两步，跑上去问，谁教你的？那猴子一样灵敏的男孩子，一个翻身跳下矮墙，说，老师教的。转身跳着跑了。

整个苗寨，静。只有一幢幢房子，参差摆开，一律的黄泥抹的墙，黑瓦顶。房与房相接处，都是青石板，曲曲弯弯，蜿蜒如蛇游。缝隙处，绿草绿得肆意，有种荒凉的美。龙雪晴说，白天到苗寨，是见不到大人的，大人们都到地里干活去了，他们每天早出晚归，一天只吃两顿饭——早饭和晚饭。

果真的，转遍整个寨子，看到的，只有孩子和狗。那些孩子，三四岁到五六岁不等，再大一些的，都跟父母到地里去了。可能是近两年见到的游人多了，一群孩子并不怕生，绕在我们身边走，亦能听懂一些我们的普通话。我们给他们拍照，他们会摆出造型来，而后轰笑着跑过来，看相机屏幕上自己的样子，说出"漂亮"这个词。

只有一个小女孩，她远远落在一群孩子后，一直不笑，神情忧郁，看上去不过五六岁。龙雪晴却告诉我们，不对，她十岁了。这让我惊讶。我走过去，试图跟她搭话，我说，你衣裳上绣的花真好看，谁绣的？她答，我绣的。我提出要给她单独拍照，她想了想，问，可以带上我的妹妹吗？原来，她留在家里，是为了照应两个年幼的妹妹。

照片的效果很好，我让她看，我问，漂亮吗？她淡淡扫一眼，答，漂亮。脸上依旧没有笑容。后来，我走到哪里，她都跟到哪里，静静立在一边，如一朵静静的小野花。我问，你干吗不说话呢？她突然冒出一句，你们那儿也有黄瓜吗？我愣住，一时不知怎么回答。她兀自答，我们这儿长好多呢，很好吃。我转脸看她，她的眼睛避开我，望向大山外，两汪深潭水，映着几多迷惑：那大山外，到底是怎样一个世界？它带给她五彩的冲击，让她明显地有了不安。我突然明白了她的忧郁所在。

我问她，上学吗？她摇摇头说，只念到二年级。又补充，我们这儿只念到三年级的。我不敢再问什么，对她笑笑。想送她一件礼物，但想起苗族人的忌讳，忍忍，作罢。

我们去吃苗家饭。饭是寨子里特意派人做的，有山地瓜，炒笋子，酸萝卜，还有山菇烧熏肉。味道不错。龙雪晴介绍，这是苗家人待客最好的饭菜。她说，你们吃得越多，我们苗族人越高兴。于是我们拼命吃，吃很多。

饭后看两个十三四岁的孩子表演击鼓，有迎宾鼓，丰收鼓等。鼓槌上的彩带，在他们手中，飘忽如蛇舞。也跟着他们学跳竹竿舞，我们笨拙得像一群鹅，惹得一边的苗家小孩哄笑不已。那些孩子加入进来，很耐心地教我们跳步子，身影灵活。我们亦接受了苗族人的吉祥礼物——锅灰。龙雪晴满场追着我们抹，一边告诉我们，苗族人的吉祥礼物，只在新婚时，新人才可以得到的。大家笑着躲闪着，一个一个的脸，都被抹成大花猫。

我们离开苗寨时，一群孩子跟着，一直跟到寨子外。当我们走了好远好远的路，回过头去，依稀看见寨子口，一群小小的身影，依然站着，像一朵朵静静开着的小野花。青山环抱中，他们身后的寨子，美得像上帝遗落的一个梦。

婺源的水

我去婺源时，满世界的菜花都已卸了妆。曾簪着一头黄花的油菜们，那会儿，像极怀孕的妇，笨笨的，相互挤挨着，搀扶着，——菜籽快熟了。当地朋友惋惜地说，你应该在菜花开时来呀。

我当然知道，婺源的菜花是出了名的。但我却很高兴，没有选择菜花黄时去，因为，我撞见了婺源最为本色的样子。

不说江湾，不说晓起，单单看看李坑吧。千年的古村落，周围群山环绕。那些山，手挽手，肩并肩，站成一道青绿的屏风，把李坑，宠溺地抱在怀中。一条小溪，候在村口，像守望的明眸，里面蓄着一往情深。有竹筏停在溪边，撑竹筏的男人，遥遥递过话来，坐竹筏不？我毫不犹豫地摇头回，不。那边不在意，笑笑，又招呼下一个游人。

脚步轻些，再轻些，别惊了那些水啊，别惊了水里的鱼啊，别惊了溪边的野花啊，它们在这里，已安好千百年了。一路的溪水，潺潺，湲湲，把人迎进村子里。

村子不大，微仰了头看过去，一溜的建筑，沿坡而上，黛瓦粉墙，木门木窗，错落有致，——典型的徽式建筑。这算不得奇特。奇特的是，穿村而过的小溪，九曲十弯。看过去，也是沿坡而上的。像游蛇，清清亮亮的，一径向上爬去。

来婺源前，我曾向一个多次带团过来的导游打听，婺源除了菜花，还有什么好看的？她回答得简洁，水。我追问，水是怎样的好看？她答，你就没见过那么清的水。

现在，我就站在这么清的水跟前。我弯腰溪边，掬起一捧，水清冽冽地，从我指缝间，跌落。每一滴，仿佛都带着清甜。这世上，大凡相遇，都是因缘而生，我与婺源的水相遇，也是缘吧。这样想着，心里充满莫名的感动。

这岸与那岸，最狭窄处，不过隔了一胳膊的距离。有当地女子，在我对面汰洗衣裳。红塑料桶里，家常的衣裳，被她一件一件掬出来，放到溪里，不紧不慢地汰洗。我看看她，她看看我，微笑，不说话。

抬头，可望到溪上搁的木桥。之所以用"搁"这个字，是因为，那木桥实在过于简陋，像孩子搭的积木，随便搭上去似的，连扶栏也没有。却有种朴素的好。有狗跟游人抢道，站在木桥上凝望。不知道它的眼里，望见的是什么样的风景。

不去听导游讲解这个村子多么文风鼎盛、人才辈出，我只沿着溪水走。满村飘着木头香，是樟木。当地多樟树，随便就能相遇到一棵千年的樟树。他们用它制成樟木扇子、樟木梳子，还有，雕刻成各种各样的工艺品。甚至，连加工也不要有的，取木，锯成一块一块的小圆片，就那样出售。一元钱可以买三块。问，有什么用啊？那边奇怪地看过来一眼，说，防虫啊，买回去放衣柜里。我没买那小圆片，我买一把樟木梳子，以溪水作润发油，梳理我的长发。我的发上，很快沾上樟木的香，溪水的甜。

不知不觉，我跟着溪水转到后村，游人渐少，村庄安静。几个农人闲坐在一座石桥上说笑打趣，说着我听不懂的当地话，他们干活用的农具，搁在一边。村庄再热闹，他们还是过着他们的烟火人生。

几个当地小孩，穿着红红白白的衫，拿着水瓢，蹲在家门口的小溪边，逗水玩。他们叽叽喳喳，不时惊叫，捉到了！捉到了！

捉到什么呢？我凑过去看，原来，是小蝌蚪。只见溪水里，无数的小蝌蚪，摆动着豆芽似的小尾巴，欢欢的。

我为那几个孩子感到高兴，他们还有蝌蚪可捉。一泓的清水，倒映着他们的身影，红红白白，像游弋的鱼。我以为，那是婺源最美的景致。

陌上花开

喜欢"陌上"二字，何况还配了花开。是清清丽丽一幅田园画卷，可慰相思。

有时你不定思念谁，就那么一颗心，无着落的。

突然地，一脚踏入陌上，相遇到一地花开。天与地，皆好。

好了，心归位了。你在那陌上徜徉，傻笑，只愿在那陌上睡过去。

一日一日，心被凡俗所累，你自己并不知觉。也只有把它放归自然，才能有真正的安宁和喜悦吧。

赏花，去陌上为最好。

不特意，不雕琢，不迎合，不曲意，率性而为，挥洒天真，涂抹烂漫。欢亦纯粹，悲亦纯粹。

他贵为君王，她昔日不过是个农家女。相遇，相惜，他的眼里，只剩下她一个。她回乡省亲，迟迟未归。他等得草都绿了，花都开好了。陌上行吟，抬头低头，鹅黄嫩绿间，竟都是她的影。思念泛滥，却不说相思。尺素之上，笔墨不多，点点滴滴，只是关照：

陌上花开，可缓缓归矣。

亲爱的人啊，那陌上花都已开好，良辰好景你不要错过了，你可以一路走，一路慢慢欣赏，不要急着归来呀。

他叫钱镠，五代十国时吴越国创建者。历史记住的，不是他的丰功伟绩，而是这样一段儿女私情，陌上花开，陌上花开。

情至陌上，情归自然。

那日，去赴一个笔会。

笔会的地点，我很陌生，在一个港口。

去往那里无直达车，须先到达某城，然后再中途转两次车。

我于午时抵达某城。马不停蹄地，又上了一辆破旧的中巴。

中巴车一路往城外开去，往乡下开去。像头毛驴似的，嗒嗒嗒，嗒嗒嗒，走走停停。不断上客。不断下客。

我也不急，一边听着听不太懂的方言，一边赏着车窗外的景。

春已走到好处了，山川河流，花草树木，无一不是盛世年华的好模样。村庄淹没其中，像镶了金滚了花边的城堡。

一老妇上得车来，指间夹一支烟，手指被熏得黄黄的。她甫一坐定，就咳嗽不已。然后对着一车人大着声说，我这是去看我叔叔啊，我都四十年没见到我叔叔了。她的话引来一片惊讶声，陌生人瞬间成了熟悉，这个问，怎么四十年没见的？那个问，那你叔叔没去看过你吗？

老妇就讲开了她的故事，父母早亡，是这个叔叔养大了她。后来，她嫁到别处，生了五个儿子，养大，又各自帮他们娶媳妇，带孙子，她是一步也走不开的。

我叔叔八十岁啦，家里捎信来，说他要死啦，我这才来的，也不知能不能找到他住的那个地方了。她深吸一口烟，唠唠叨叨，这么多年没来喽，这么多年没来喽。

听的人唏嘘。也不知唏嘘个啥，只觉得眼睛里水水的。人世间有一种情，叫悲喜交集。丢不开呀，丢不开的。

我听得入迷，勾画着他们的从前。从前，她还是小姑娘，她叔叔也还年轻着，他们在田间地头劳作。陌上人家，草绿花红。

车子开过头了，我才惊觉，说起那个港口，一车人都大吃一惊，说，哎呀，早过了呀。他们好心地要帮我拦一过路的拖拉机，我没让。

我下车，眼前是一个陌生的村庄，鸡犬相闻。农田一望无际，麦苗青，菜花黄。

我欢喜，倒忘了要去的地方，只管往那陌上去。陌上花开，陌上花开呀。荠菜花、蒲公英、乳丁草、枸杞子，一个一个，都像是从贾府里跑出来的小丫头，虽贱命一条，却都体面得很，也是绫罗绸缎穿着，光华闪烁。

组委会的人信息到了，急切询问我，你到了哪里？我居然，从容地回，我正停在一陌生的村庄，陌上花开，我在缓缓看。

天渐暗，当地人观察我很久了。终忍不住，有个中年男人上前相问，你找谁呀？

我说，我不找谁，我是要去某港口的。他想也没想，说，我送你。我笑了。他问，笑什么，我是说真的。我打量他一眼，我说，好啊。他就真的从家里开了辆车来，是辆小货车，帮人装水泥黄沙啥的，座位上落满白石灰。

他拍拍身边的座，不好意思说，有点脏，你不要嫌哦。

哦，怎么会。我笑，上车，一屁股坐下。

一路上，菜花夹道，我们随便聊着，东一句西一句的，像多年的老友。

目的地到了，我要给他钱。他死活不肯要。然后跟我挥挥手，笑笑，掉转车头，车很快开进一片花丛里。

这陌上相遇，是我一生中最奇异的相遇。它成了一朵不谢的花，一直开在我心头。

泰安情，泰山缘

我确信，前世，我一定是北方人。比方说，山东的。

我多次去过山东。每一次去，都让我感觉如同回归故园。我喜欢那里的一山一水，一草一木。还有，坦诚憨厚的山东人。我爱吃那里的面条和馒头。爱吃那里的煎饼，那像薄薄一层纸一样的煎饼，卷了大葱和小炒，顿顿吃，也不嫌腻。而泰安的煎饼又是最山东的，让我一头没进去，像老鼠掉进米缸，幸福得找不着北了。在临回来之前，我特地跑去宾馆楼前的小摊上，买了十来斤。

泰安少有南方的精致和整洁，房子灰扑扑的，道路灰扑扑的。也窄，也不太平坦。路边的树木，这个季节，叶子都凋零得差不多了，没有南方的葱茏和蓊郁。可是，路上走着的人，那种安宁和安详，最是打动人。夜晚，小张开车带我们去吃饭，找不着地儿了，随便问路边一对散步的老夫妇。那对老夫妇当即热情指点，恨不得把我们直接送到地儿才好。

一得空闲，我爱跑去宾馆楼下闲逛。那里紧靠一商城，商城门口，全是摆地摊的，卖各种各样的农产品和山货。猕猴桃是论斤卖，而不是我们家里论个卖的，十块钱可以称三斤，便宜得很。卖猕猴桃的中年男人，黑，瘦，脸上的笑容，却像热腾腾的烤地瓜，让人见着，暖。我站他摊前，跟他开玩笑，你的猕猴桃不甜吧？他说，哪能呢，不甜不要钱的。并让我尝一个。卖山核桃的摊子前没人，你尽可以挑几个吃了，一边吃一边叫人，谁卖的谁卖的？那边这才慢吞吞来了，原来，他不知在哪里跟人谈心，或是看热闹去了。山核桃不贵，一斤从十二块钱到十七块钱不等。问他，怎么会有差别呢，都是核桃呀。他答，有的壳厚肉少些，有的壳薄肉多些。然后就要你一一吃着看看，看哪种好再买哪种。

居然还有桃卖。青青的小桃。站边上犹豫，这季节怎么还有桃呢！那边儿说，山上的，野桃，好吃呢。说着，已递过半只来，让你尝。还有卖山楂的，尝一颗，酸甜酸甜的。不买，人家也不介意，照例跟你笑嘻嘻的。我在那里来回走，看着每一个人，都觉得亲，觉得好像在那里生活了好久好久。那种家常的熨帖，没有一点的疏离感。

去了五所学校讲座。所到之处，无一不是花朵一样盛开着的笑脸相迎着。我忐忑不安，不知拿什么来承接这些好。临别总是殷殷的，再来啊，再来啊。我答应，我会再来的，定会。

一仰头，望见泰山。隐约的一轮轮。其实，我一到泰安，听说泰安就在泰山脚下，我就开始激动了。从前就知道它的呀，历代帝王将相，都把泰山当作神山，它的每一块石头上，几乎都承载着厚重的历史与典故。待到诗人杜甫，站它上头宽袖一拂，昂昂然地吟出"会当凌绝顶，一览众山小"，从此，别的山脉黯然失色下去。

我得使劲儿才能压住想立即跑去见它的狂热，我得把我事先安排好的行程都走完才行。泰安人倒是淡定得很，对泰山他们当然爱着，是那种家常式的。日日在着，相安无事，岁月静好，不惊不扰。东岳中学的王老师，家就紧傍着泰山住，一扭头就看见泰山的吧。她却说，她很少去攀爬。真的，很少，她这么强调。我看着她的笑脸，把这理解为，彼此已熟悉到骨头里了，相融相生，成为家常。用不着惊奇，亦用不着崇拜和仰视。惊奇了做什么呢？它就是家里的一个亲人哪！

我也终于可以奔着泰山去了，心无旁骛的。不巧的是，逢着阴天，间或小雨。却妨碍不了看它的兴致。

一行四人，济南书城的小张、编辑洪涛、我，及我家那人。山下卖拐杖的多。上山的人，好多买了拐杖，三块钱一根，五块钱两根。都说，上山有块路好陡，难爬。这倒让我斗志昂扬起来，要的就是挑战嘛。我甩着手在前面跑，沿山路两侧的石头或是峭壁上，都刻着字。起初我还停下来，看看那些字，能抚到的，就去抚抚，摸摸前人温度。后来看多了，也就不稀奇了。我转而看树，看草，看花。树也是斑斓色。或黄或红。浅浅几笔，就够惊艳。花不多见，哪块石缝里冒出一点黄来，我猜着，是蒲公英。这贱命的草，四海为家。在这山上，却让人有了敬重。

雾气极重，山隐约其中。到半山腰，雾雨下来，我们不得不一人买一雨披披着。小张人胖，爬得气喘吁吁。洪涛和我家那人，也爬得不轻松。爬十来级台阶，就要休息一下。唯有我，在前面像头小鹿似的，越爬越轻盈，竟是连气都没喘一下。我也觉得挺奇怪的，我的身体状况，一直不算良好。来爬山之前，他们最担心的是我，害怕我的身体吃不消，害怕我爬不上去，想着要坐索道上去。结果，我胜过了他们几个。我不知道，这是不是代表我与泰山，真的有缘。

小张滞后。上不得上，下不得下，叫人为难。我们都有些后悔，不该让他陪我们爬。但后来，他受到激励，一下子赶上来了。激励他的是一老太太，八十四岁了。老太太在五十多岁的女儿陪同下，从山脚下，一路爬过来。小张想，人家老太太都能爬上来，我这年纪轻轻的，竟不能爬了，不惭愧死啊。

我们四人在山顶集合。因雾雨厚重，什么也没瞧见。更没有一览众山小之感。心里却仍是欢喜的，我来了。是的，我来了，我用脚丈量过它的高度，这就够了。

邂逅红叶谷

济南有条河叫锦绣川。锦绣川南部的大山里，有谷名曰：红叶谷。

我是路过。听人说，近处有个红叶谷。当下心动。寻常见着一树两树的红叶，都足够让我欣喜了，何况那满山红叶铺成的山谷！去看，当然去！

已是晚秋，秋意浓厚，叶枯草衰，少见鲜艳。山路弯弯曲曲，曲曲弯弯。车子顺着山坡忽上忽下，如坐过山车，叫人提着一颗心。偶见一户两户的山里人家，散落在山坳。青砖青瓦的小房，简朴着。我在心里犯着嘀咕，这谷外，也未免太寻常了。视线却忽然开朗，一片宽阔地带展现眼前，彩旗飘飘，车马喧腾，——红叶谷到了。

登石级，入谷里，人仿佛一下子掉进了传说中的阿里巴巴的山洞，一洞全是金光闪闪的宝藏哪！眼观处，每一棵黄栌，都是披红挂金的。它们悄悄的，不胜喜悦的，商量着一件什么秘密事，满头满身，都泛着兴奋的潮红。

人顺着谷中小径走，头顶上是绚烂，身侧是绚烂，脚底下是绚烂。拐角处撞上的，还是绚烂。再普通的一个人，也变得绚烂起来。像梦，似幻，天上人间。

山坡上上下下，黄栌们跟着上上下下。红叶们，便也跟着上上下下。一簇簇盛开。一片片铺开。像红盖头，——山坡就要出嫁了。场面真是浩大，"红地毯"铺着，"红被子"卷着，"红灯笼"悬着，"红烛"燃着——喜事临门，满山谷的红艳艳，红透了的红。近处，远处，都是华丽到不能再华丽，富贵到不能再富贵。你手中相机的镜头，根本无须挑角度，闭着眼睛随便拍吧，定格下来的画面，也是夺目的，独一无二的。

山泉汇聚，蓄成湖，叫绚秋湖。湖边山坡倒映。红流淌到湖里面了。金黄流淌到湖里面了。间或地，一撮两撮的松绿，或是竹绿，也流淌到湖里面了。水成彩色的水了。有白鹅凫在这样彩色的水里面发呆，秋意如此浓酽，想它们也是醉了。人站在湖边，只剩下惊叹的份儿了，美，真美啊！瑶池仙境，莫过如此。

雾起。山谷掩映在雾里面。那些红，便在雾中浮浮沉沉，如红色的小金鱼在游。一簇簇。一团团。又如红色的轻舟荡过。我蓦地想起白居易《长恨歌》里的诗句："西宫南内多秋草，落叶满阶红不扫。"一场君王之爱，也敌不过生死别离，人走后，只剩凄清荒凉。可分明情未断，思未了，她还在他的眷恋里。红不扫，红不扫！他日日见着，满阶红叶，哪一片不是旧日情思？上天入地，见它如见卿卿。

突然间，我读懂了那些黄栌，它们原是用红叶来寄情的啊。别离只是暂时的，活才是永恒的。所以，它们把一场生离死别，演绎得华丽出彩，叫人忘了悲伤，只有欢喜。

卖山玉米的女人，摊子摆在一树的红下面。她的人，是画里面的一个人了。我停在她身边，问她买两根山玉米。热乎乎的山玉米，香糯得粘牙。她说："来年春天，这里还要好看的，满山谷的花都开了，叶都绿了。"

美丽总是愁人的

几千里的路，奔去凤凰，只为拜谒沈从文。

一路之上，我一直在读沈先生的《湘西散记》，他写道："橹歌太好了，我的人，为什么你不同我在一个船上呢？""我真希望你梦里来找寻我，沿河找那黄色的小船！在一万只船中找那一只。"木筏上，火光星星点点，吊脚楼上的人声，如在耳边，还有羊的梦呓，狗的叫声……这是沈从文的当年，当年他别了张兆和，一个人舟行水上，远回凤凰看病危的母亲，铺写下数不尽的思念。

这样的思念，让人的心，变得软塌塌的，像蒸熟的年糕。这样一个慈悲的男人呵！

到达凤凰时，天已近黄昏，心急的人家，早早点亮了檐下的红灯笼。我来不及整理一路的困顿，就去看沈先生。问当地居民，沈从文墓在哪儿？都知道。他们热情指点，拐过这个弯，就到了呀。

出古城南门，沿沱江走，顺着青石板上上下下。人家的房，倚着山势而落。已到城外，路上几无行人，一条路便寂静着。满眼望去，除了青山绿水，还是青山绿水。山叫听涛山，水是沱江水，山水相依，它们做了永恒的恋人。

山脚下有人家，开一小店铺。屋前地面上，摆一水桶，里面插满野花，有的扎成束，有的没有。小野花们水盈盈地开着，素白或粉紫。旁边木牌上有字：带一枝野花去看沈先生。

心下一愣，不知不觉，我竟寻到这里！不敢确信地问小店主人，沈从文墓真的在这里？她奇怪看我一眼，说，是啊。顺手往山上一指，呶，就在那儿。

我沿着长满绿苔的青石板，一步一步上山，水的气息叶的气息，把这一方天空，染得碧绿澄清。这好像挺矛盾，然而不。那些盈盈的绿，带了湿润的绿，让一方空气，清澈起来透明起来。静，岑静。一枕梦，从此可睡千年万年，想沈先生到底是个有福的人。

八十六级台阶，契合着沈先生八十六年的人生。不见墓冢，甚至连一个土包包也没有，只有一方五彩石，兀自立在听涛山的山坡上。他一半骨灰归了沱江，一半骨灰埋在石下。水是他成长的摇篮，他回了他的摇篮里。

五彩石正面镌刻着沈从文的手迹：照我思索，可理解我；照我思索，可认识人。尘世的纷繁，抵达这里，都变成一种单纯与真。做个纯粹的人，水一样的纯粹，泥一样的厚朴。这当是他最让人敬重的地方吧？

我静静站在那方石前面，默默看。山林深处，有鸟的叫声传来。空气中，有温柔的水在流动。静谧，安宁。

沈从文说，美丽总是愁人的。

我的心上，也栖了一点愁。说不清道不明的，像一朵小野花，静静地开。

家常的同里

同里的河，都是顺着房子走的，或者反过来了，房子是顺着河走的。岸边人家，几乎家家都设有客栈，写着客栈大名的布幡飘在半空中，红的，黄的，蓝的，街道上空，便弥漫着千年古镇特有的气息。真的走进去了，却是一副现代市井的模样。家家都会做糕点，热腾腾的青团子、芡实糕、桂花糕、花生糕、萝卜饼，还有一团甜蜜的绕绕糖。游人少有敌得住诱惑的，停下，买上几块，边走边吃，无拘无束，像童年回归。

家家门前，都傍河摆着藤编桌椅，上有凉棚撑着，茶壶一把，茶杯几只。你若走累了，就坐下来喝口茶吧。不喝也没关系的，就坐坐吧，坐到天晚了也没人赶你走。一直急不可耐的时光，在这里，缓慢下来，像一方暖阳，泊在那里。真好，不用急着赶路，也没有未完的事在催着，这会儿，你属于你自己，一颗心完完全全放下来，像那房檐下蹲着的一只发呆的小白猫。

发呆？确是如此。河里不时有游舫摇过，那上面就坐着几个发呆的人，脸上有阳光的影子在跳跃。河不宽阔，河水也不够清澈，甚至有点混浊。岸边的倒影，在水中模糊成一团色彩，仿佛有人随意泼上了一大桶颜料。却没有人介意这样的河，没有人介意这样的水，要的，只是这样一个悠闲的日子，承载难得的清静和喜悦。

当地妇人埋首在膝上的筛子里，在剥一些小圆果子。白的肉出来了，小米粒似的。我站边上饶有兴趣地看大半天。她由着我看，至多笑笑，复低头剥。我终于忍不住相问，你剥的是什么呢？妇人笑答，芡实啊。见我发愣，她说，就是鸡头米啊，可以做糕点，也可以熬汤煮粥喝，养脾脏呢。要不要来点？她问我。我笑着摇摇头。满街的芡实糕，原来是这个做的啊。

游人们这里探头看看，那里探头看看。看什么呢？红灯笼下的人家，一律有着深深的天井。一个天井就是一个或几个故事，几世人的悲欢离合，都化作一院的香。是桂花。每家院子里，似乎都栽有一棵。十月，它的香已浓到极处，满街流淌。游人们奢侈了，踩着这样的香，去看退思园。去访崇本堂和嘉荫堂。在三桥那里等着看抬新娘子。

同里的三桥，几乎成了同里的象征。三桥分别是太平桥、吉利桥、长庆桥，呈"品"字形跨于三河交汇处。当地习俗，逢家里婚嫁喜庆，是必走三桥的。做新娘子的这个时候最神气了，被人用大红轿子抬着过三桥，边上有人口中长长念，太平吉利长庆！探问当地人，这风俗起于何年何代呢？都笑着摇头说不知。祖上就是这样的啊，他们平静地说。祖上到底有多久？随便一座桥，都沐过上千年的风雨，——这一些，在一路奔来的外地人眼里，都是惊叹，同里人却早已把它化作淡然。有什么可惊可叹的呢，他们日日与之相伴，成为家常。

天光暗下来，游人渐散，同里回归宁静。我回入住的客栈，那是幢老宅院。走过一段狭窄且幽暗的通道，方可进入天井。二层小木楼，木格窗，古朴朴的，很久远的样子。我坐在天井里，我的背后，是一些肆意疯长的花花草草。一只猫蹲在一口瓮旁，静静看我一会儿，跳过窗台去。我跟主人王阿姨聊天，我说你们同里出过很多名人啊，你家祖上是做什么的？王阿姨低头笑，说，小老百姓呢。她提一壶茶，给我面前的杯子斟满，问我，明早想喝粥吗？我煮粥给你喝。

我笑了。这才是好。小老百姓的日子，本是现世的，当下那一茶一饭的温暖，才是顶重要的。

秋天的滩涂

秋落在滩涂上，像下过一场颜料的雨。茅花白了。野菊花粉了，黄了，紫了。而最令人惊叹的，要数那些盐蒿了，原是那么不起眼的野草，经秋的手掌一抚，全都通体艳红。像待嫁的新娘，娇羞的，迷人的。

你随便地，顺着一条坡下去吧，下到滩涂上。滩涂上无路，满世界都是茅草、野菊和盐蒿，它们互生互长，相依相伴，亲密无间，要路做什么呢？你尽管随意地遛遛吧。

海风夹着咸涩，吹过来，凉凉的。你脚跟前的一片茅草，像训练有素的舞蹈演员，齐齐地，朝着一边弯下柔软的腰肢去，轻歌曼舞。洁白的海鸟，在茅草丛中出入，一会儿冲上蓝天，一会儿俯冲入地，翅膀上驮着闪亮的秋阳，像有意在炫耀它们飞行的技巧。你为海鸟感到幸运，真好，有这么一大片安静美丽的天地，供它们憩息、安居。

放眼远观，你的视野，开阔无边。满滩涂的盐蒿，把头顶上的天空都映红了，一直红到天涯去了。有一刻，你无法呼吸，你屏声静气地观望，心里面只剩一个感叹，大自然怎么可以这么美！你搜肠刮肚地想找着一些词，准确形容一下眼前的盐蒿，可是，却无法找到。所有优美的词汇，在这样奔放率真的生命面前，都是苍白的。你还是什么都不要说罢，只管静静地，享受这场视觉盛宴。只管静静地，听着脉搏里血液奔流的声音，你的，盐蒿的。

与天相接的地平线上，有些小红点小黑点小蓝点在移动。他说，那是下海的人，他们在捞文蛤。对这些海里的作业，他再也熟悉不过了。他所有深刻的记忆，都是有关海的。童年时，他跑到滩涂上来割盐蒿，给人吃给猪吃。刀快，一刀下去，手上划下一寸来长的血口子。他捂紧伤口，一路滴着血跑回家。家里人没当回事，拿点草灰敷在他的伤口上，对他说声，继续割盐蒿去吧。他真的转身去了。十六岁，他稚嫩的肩挑着担子，跟着成人下海，一脚深一脚浅地踩在那些盐蒿上。他多想做一棵盐蒿啊，不用下海，就那样待在滩涂上。他惧怕下海，船到深处，四周看到的，除了海水，还是海水。还有寒冷。还有寂寞。更要命的是，晕船。每次上船，海浪一颠一簸，吃的喝的，悉数吐尽，实在没东西可吐了，就吐黄疸水。

我问，你恨海吗？

他说，不，我很怀念，怀念那些岁月，它已融入我的灵魂里。

一个人对一片土地的挚爱，是烙在生命里的，如何割舍得了？就像盐蒿之于滩涂。滩涂的贫瘠与荒凉，给予盐蒿的，是酸涩，是苦咸，但也给予了它顽强与坚韧。岁月教会我们的，原是感恩。

一群羊，从坡上下来。白的羊，像移动的棉花堆。白棉花堆落进荒草丛里，荒草立即生机起来。我们都觉得养羊人的聪明，在这里放牧羊群，无疑是天堂啊。我问，它们吃盐蒿不？牧羊人笑了，羊挑嘴呢，盐蒿苦，它们不吃。

我倒情愿这样想，这么好看的盐蒿，羊要留着欣赏，羊舍不得吃。也就见那些羊，从荒草丛中抬起头，像人一样地，默默注视着一望无际的滩涂。它们的眼里，红红的盐蒿，在燃烧。

生命对生命的礼遇，有时，只需这样的注视，也就够了。

半日春光

跑去宜兴看溶洞。结果发现，溶洞自然是好看的，更好看的却是，那里的春光。

从张公洞出来，已是午后。我和那人本来是要去陶祖圣境的，那是在网上购得的联票。景区一小服务员，大概没去过那里，见我们发问，随口对我们说，不远的呀，走上十五分钟就到了。

信了她的话，我们兴冲冲奔着陶祖圣境而去，路却越走越远。路上少有行人，偶有路过的车辆，呼啸着驶过去，留下一片静。好不容易逮住一骑车人，问，陶祖圣境还有多远？那人小愣了半天，很有些惭愧地说，不知道呢。

我们猜测着种种可能性，或许我们方向搞错了。又或许这个景点，很小，很不出色，连当地的百姓都不知道。心里却不急，走走停停，停停走走，满眼都是春天的好景色，足够我们赏玩的了。能开花的树，都撑着满满当当的一树花，云蒸霞蔚着。桃红柳绿间，不时还会跳出一撮或几撮的金黄来，冒冒失失的，如同率性的孩子，满地撒着欢打着滚，把金黄的颜色，染得满头满脸。

那是油菜花。静的世界，被它搅动得喧闹欢腾。不远处，青山如淡墨轻染。如果看到水，则更动人了，水边红花朵黄花朵，朵朵生动。多好，多好啊。我们走着看着，看着走着，竟忘了此行的目的，眼睛被染得五颜六色，心被染得五颜六色。

竹多。人家的家前屋后，都是。山上山下，都是。不由得想起《诗经》中的"瞻彼淇奥，绿竹猗猗"之句。用"猗猗"来形容这宜兴春天的竹子，真是再贴切不过了，又茂盛又美好。

遇见卖竹笋的，是两个当地农妇。她们的脚跟边守着一堆新鲜的竹笋，一只只都胖乎乎的，饱满欢实得很。问问价钱，实在不贵，两块钱一斤。农妇黑红的脸上，满是笑意，说，买点儿？烧肉吃好吃呢。我们犹豫着，真想啊，但是走远路带不动哪。

她们便有些好奇，问，你们这是要去哪儿？

去陶祖圣境，我们答。

陶祖圣境？她们一时愣住，互相打听，有这个地方吗？后来一人终于悟道，怕是有西施洞的那个地方吧？还有好远的路呢，在山上呢，你们这么走着，是要走到天黑的。

你们就这么走着来的？她们不相信地问。

我们笑答，是啊，走着呢。

她们立即肃然起敬，哎呀，真不简单。一边为我们可惜着，你们怎么不在张公洞乘旅游1号的车呀，怎么就走这么远了？

心里面窃笑，且得意着，我们把你们的春天偷看了呢。

告别她们，我们继续前行。人家的房，都一副福气满满的样子，被花儿们左抱右拥着。或菜花。或桃花。或紫荆。或海棠。哪一种，都是全心全意一丝不苟地盛开着。柳枝飞扬。翠竹滴翠。远远近近的颜色们，个个占据一方，又相互交融。像绣娘摊开绣布，用滴着颜色的丝线，一针一针给绣出来的。无论黄，无论红，无论绿，无论紫，都鲜亮得叫人惊诧和惊叹。鸟儿的鸣叫，格外动听，含了香带了翠的，宛转在密密的竹林中，山坡上，花树间。

最终我们没去成陶祖圣境。太阳快落山的时候，我们搭上了从竹海开往宜兴的最后一班车。内心却无遗憾，因为我们相逢到这半日春光，偷得了浮生半日闲。人生的得与失，总是相对应而存在，焉知有时不会逢着意外的欢喜呢？我只从容地走着，等着。

天堂林芝

林芝有西藏"香格里拉"之称，是西藏的"江南"。

清晨五点，我们全体集合，摸黑上路，从拉萨出发去往林芝。在车上，小闫一再打招呼，大家辛苦了！没办法，到林芝全程 1000 多里，盘山道不好开，在路上我们将要逗留 10 多个小时。我们难得来一趟，早点去，多看点美景，你们说是不？大家齐声附和，是啊是啊，为了让眼睛在天堂，就让身体在地狱吧。

我的高原反应一直很严重，折磨得我夜里根本无法入睡，深夜一点盘腿坐在床上，吃头疼散，吃红景天。这样硬撑着上路，只不想错过这"天堂"里的好山好水。

天亮得晚。当晨曦破开一线天的时候，所有的山峦，都渐渐苏醒过来，一副神清气爽的好模样。初升的太阳，拉出一丝一丝的金线，不停穿梭，很快，它给山峦织出了一件金光闪闪的袍子。当所有的山峦，都披上了这样的金袍子，整个天地，变得晶莹华彩，犹如传说中的天宫。

雾起。绵羊毛似的雾，在山间自由来去。山峰在大团大团的雾中忽隐忽现，偶露峥嵘，便是光芒璀璨，让人惊艳。那些雾是云的孩子吧？它们承袭着云的轻盈和飘逸，又比云更为灵动和神秘。

山亦是自由的。它们或卧着，或立着，或躺着，各有各的姿态。这是西藏最好的时节，满山的绿披挂着，铺排着，红花朵黄花朵间隔其中。

水更是自由的。尼羊河一直伴着我们的车行，一会儿急湍，一会儿缓慢悠闲。水清得发绿。有人家在水边住，红砖蓝瓦的别墅，或是青砖红瓦的别墅，门楣上绘着五颜六色的画。门前都有小花园，一蓬一蓬的花怒放着。我们心生羡慕，这是神仙住的地方啊。小闫介绍，这都是国家援建的，现在藏族人的日子，过得相当优裕了。

牦牛，或是绵羊，也有马，都是幸福得不得了的样子，它们低头在山坳处吃草，神态安宁。水肥草美，这是它们理想的王国。

到米拉山口时，太阳已升得很高，山间的雾气仍很重。一车人下来，在米拉山口稍作停留。米拉山海拔 5020 米，是拉萨和林芝的分界山口，它横亘于东西向的雅鲁藏布江谷地之中，是雅鲁藏布江东西两侧地貌、植被和气候的重要界山，是藏族人心目中的神山。山口挂满经幡，红白蓝绿黄，在风中飘拂，神秘庄严。不远处的群山，太阳照着地方，镂金镶银，光华灿烂。照不着的地方，则幽暗深邃，神秘莫测。

山口风大，冷得瘆人。赶紧拍几张照片走人，山山水水，根本用不着挑角度，每一处都美得让人心慌。

午饭是在林芝的行政中心八一镇吃的。这里原先不过几座寺庙、几十户人家，后来竖起房屋，拉起电网，铺起水泥路，慢慢发展壮大，跟内地任何一座城镇别无二样。要不是看到一些经幡，和不时走过的穿着藏族服饰的藏族群众，真疑心是到了内地某个城镇。

海拔已降至2900米，人舒适多了。小闫跟大家开玩笑说，这里才是真正的天堂，等到了晚上，大家好好泡个热水澡吧。

我们上车，赶去南伊沟。南伊沟是喜马拉雅山脉无数个美丽的沟谷之一，谷内住着神秘的珞巴族人，原始森林密布，美丽的南伊河由南向北，贯穿其中，流入雅鲁藏布江。它是西藏的小江南，风景堪比九寨沟。

我们在下午三点，抵达南伊沟。让我们惊讶的是，景区门口，除了我们这辆大巴外，别无其他车辆。

我们在一户人家屋前停下，等着武警上车检查。边关地区，把守严格。又因保护自然生态，限制游客人数，所以在这里，看不到内地景区人满为患的场面，听不到任何喧哗，也不见五花八门的小摊。

静，真静。时光慢慢悠悠，我们得以细细打量眼前的这户人家。二层楼房，开着一爿小商店，门口拴着一条大黑狗，狗很安静地伏在地上，看着我们这辆车，目光温和。两个小孩在门口玩耍。店门口坐着两个穿少数民族服饰的妇人，她们不看路人，一个在给另一个梳理头发。一当地人来，拿起摆在货架上的灵芝，敲了敲，嗅了嗅，放下钱，拿东西走人。一青年人过来，拿几只水果，看上去像李子，他兀自放电子秤上称一下，丢下钱，拿起水果就啃。两个妇人始终没有抬头，任他们自由来去。——看得我莫名感动，这种坦诚与信任，像遍地的阳光。

坐上景区内的电瓶车，去南伊沟的深处。小闫一再关照，不要戴帽子，谷里风大，会吹跑的。穿暖点，要带上伞，一谷有四季，说不定会碰上雨。我们一一照办，做足准备，只为一睹它的芳颜。

一路上山好水好，草木森森。多野花，黄的，红的，紫的，一枝一枝，一簇一簇，站在草地里，站在半山腰，站在南伊河畔。南伊河一路向前，奔着，涌着，欢呼着，砸出一大朵一大朵洁白的浪花。

认识了一种叫高原明珠的植物，开白花结红果的。听跟随我们的藏族姑娘达娃卓玛说，这种红果子能吃。她摘一串，请我们每人尝几粒。真能吃吗？有人疑惑。小姑娘骄傲地说，当然能，我们这里的果子，大多数能吃，很甜的。我们吃几粒，果真甜。

认识了珍珠花。形似珍珠，一开一大团。还有一种紫色的花，叫的名特有趣，叫跳走松鼠。达娃卓玛采一朵放手上，看，它会跳。她示范着。众人频频称奇。我们还特地停下来观看一棵冷松，它的上面结满大如苹果的紫色的果。——好山好水润着，这里的植物都成精了。

珞巴族人的村庄，掩映在一些绿树后。这个中国人口最少的民族，有太多的图腾崇拜，刀耕火种的生活习惯，一直保留至今。我们进谷前，小闫再三交代过，不要随便靠近珞巴族人的村子，不要打扰他们。我们远远站着看，看山看水般的。他们与自然融合在一起，我们能做的，只有敬重。

沟谷的深处，是树，是树，还是树。树上垂挂着松萝，灰绿色，密密的，柔软细长。松萝是一种有洁癖的植物，空气中有一点点污染它都不能存活，所以被人称为最好的环境检测器。沟内松萝遍布，这里的生态环境，无疑是最洁净最原始的。

我们踏上穿过原始森林的木栈道，吸进去的空气，都是树木花草的味道。人走在林中，被染成一个个绿人了。眼睛所见的，是树，是树，还是树。随便一棵，都是上了年纪的。有的树老了，自己倒下去，也没人捡了当柴火，一任它倒下，和着泥土一起腐化。——在这里，做一棵树是幸福的，生老病死，一切顺其自然。

草甸，一处，一处，又一处。绿缎子一样的草，铺向山上去。花朵点缀其间，五彩缤纷。我们在草甸间流连，草和花，天空和大地，每一处都美得让人惊慌失措。几只马在不远处安静地吃着草，它们背上的绣花垫子，在金色阳光的照耀下，格外炫目。我真很想做一只草甸上的马，享尽无限自然，最后终老在这里。

亲爱的额尔古纳

走到天黑，打尖歇脚。

边陲小城，叫额尔古纳。

蒙古语里，额尔古纳是"折返"的意思。是游子远走，一步三回头，终抵不住对家园的魂牵梦萦，快马加鞭地赶回来了，一头扑进家园的怀抱，再也舍不得离开了。是河流远流，却在此处流连回望，浇灌它以甘露。于是，花开，树绿，牛羊遍地。

是块富庶地呢。额尔古纳河在此日夜不停地喧腾，森林，良田，牧场，天赐的一般。成吉思汗那力大勇猛的二弟哈撒尔，在战场上屡立战功，得此封地，安居乐业，蒙古族从此在这里兴旺发达。

街市寻常，看不出曾有的显赫。有炊烟在飘，混合着菜肴的香。千百年来，一鼎一镬，才是人类最真切的拥有。我去寻一条叫丁香的巷道。网上预定的宾馆，就坐落在这条巷道上。

车子在灰扑扑的房子中间，来回折转。问了好几个当地人，也才在城市的边缘找到。

宾馆的名字，没什么特别，辰旭。一幢二层小楼，门口挂着粉色珠帘。

辰旭的老板迎出来，是个很温润的中年人。他双手来握，说一见我就喜欢。你果真是个阳光的人啊，他这么说。而在我到来之前，他一直在读我的文章，言说读得唇齿生暖。

住下。有到家的感觉。

老板不时过来问，还需要什么。

自然要向他打听，额市有哪些好玩的地方。他笑着想了一想，回我，也没什么好玩的啦，你明天可以去看看根河湿地，还有白桦林。晚上这里的广场上，有秧歌表演，你若有兴趣，也可以去看看。

我微笑，点头。人大抵都犯着这样的错，身边的好风景，常视而不见，只缘身在此山中。又或是，再好的景致，日日见着，也都成寻常，彼此相融，不惊不扰。——生活还原成生活，这才是最好的状态吧。

出门。冷。我把能加上的衣服，都加身上了，仍然冷得慌。

不管，还是想四处去逛逛。

走不多远，遇一丛野葵，像一群妙龄的女孩子，站在路边，挤挤挨挨在一起，打闹嬉戏。我靠近，跟那些花朵打了声招呼。花朵年年，都有哪些眼光落在上面过？我珍惜着每一次相遇。人生的很多经历，只此一次，再无重逢。

街道横几条，竖几条，走着走着，也就到头了。

少见高楼。灯火次第点亮，站街头望过去，也是一条光华璀璨的河了。

我拐进一家馒头店，看了看人家做的馒头。那边问，买吗？一块钱一只。我答，哦，不，我只是看看。人家也不生气，笑笑的。我又拐进一家特产店，看了看当地的特产，有新鲜酸奶，有马奶酒，有各色奶片。装酒的皮袋很有特色，盘珠绣花的。我花30元，买一袋子马奶酒，留作纪念。

我还停在一卖水果的大爷身边，问了问水果的价钱。到底是有肥沃良田的地方，瓜果都相当便宜。我买了两只香瓜，拎着。再走在额市的大街上，施施然的，我也是额市中的一个了。

老远就听到锣鼓响，那是从哈撒尔广场传来的。

走近，红红绿绿的人群，这边在跳扇子舞，那边在扭秧歌。一边的大屏幕上，在放电影。威武高大的哈撒尔王，一手持弯弓，一手牵白马，屹立在广场中央，默默注视着这些欢乐的人群。

男男女女，老老少少，穿红戴绿，载歌载舞，喜庆祥和。

我跑向一支秧歌队伍，做围观者。站我旁边一男人，边看边摇头，说，这扭秧歌不正宗呀。跃跃欲试着。我问，那正宗的是咋样的？他当即跳起来。我笑了。我以为，正宗不正宗不重要，快乐就好。

又一拨锣鼓响。来了扮孙悟空和唐僧的，后面也跟着一支秧歌队伍。我忍不住跳进去，学着扭秧歌。扮演孙悟空的妇人，热情地递给我一把绸扇和一条绸巾，让我当道具。我于是成了他们队伍中的一个，扭呀扭呀扭秧歌。

一年轻男人来跟我对舞。一老者来跟我对舞。一女子来跟我对舞。扭呀扭呀扭秧歌。我们笑着，跳着，一句话也没有说。舞蹈就是最好的语言。

今夜，只关乎舞蹈，不关乎其他。

今夜，我只属于你，亲爱的额尔古纳。

只因相遇太美

昆明

郑可可踏上昆明这座城的时候，天色已暗。远远的灯光，次第亮起来，流光溢彩，繁华璀璨。城市的样子，大抵如此。机场门口有很多接机的人，郑可可知道，那不是接她。她除了她自己，都是陌生。她甚至，有时也不认识她自己。就像此刻，她眼光茫然地打量着这座城，她在想，她为什么要一个人奔逃出来？几乎仓皇的。

陆言现在一定是花好月圆人娇好吧。郑可可的骨头疼起来，一想到陆言这个男人，她的骨头就疼。爱过多少年了？从高中一直到大学，而后工作，其间经历八个春夏秋冬，寒来暑往。以为定会瓜熟蒂落，她的嫁衣也买了，却听陆言说，分手吧。简单到只有三个字。

郑可可不是个死缠烂打的人，甚至连理由都不曾要。她说，好。也风闻陆言爱上另一个女人，一离婚的富婆，有资产逾千万。世间爱情，常常输给金钱，还有什么可说的？陆言不是没有歉意，他说，可可，我们还可以做情人，我不会薄待你的。郑可可就笑了，她想，我这算什么，这算什么呢？终于明白，八年的爱，不过薄如蝉翼，一碰即破。她竟从没看清他。她在陆言结婚那天，一个人跑出来，从此海角天涯。她求的，是忘却。

她感到冷。这个四季如春的城，竟也是冷的。她觉得不可思议。踯躅在昆明街头，郑可可分不清东西南北，那又有什么关系呢？天地之大，足以淹没一个人的疼痛，要方向何用？一老妇人上来兜售花，玉兰，玫瑰，还有百合，一大丛的，亲亲密密挤在老妇人的木桶里。阿诗玛，买一束花回家插哦？很新鲜的。老妇人冲她笑。

花极便宜，几块钱可以买一大捧。郑可可左手玫瑰，右手百合，她突然为她的奢侈想落泪。恋爱这么多年，陆言竟从不曾送过花给她。她忍了，以为好日子是要慢慢积攒着的，他们要买房，要为将来计算。却原来，花是这么极易得到，几块钱，就可以捧在手中。郑可可把脸埋进花里面，眼里慢慢溢上泪。

嗨，陶陶，原来你在这儿！郑可可的肩，突然被人狠狠一拍，一个阳光的声音在她背后响起。郑可可扭头，身后一张年轻男人的笑脸迅速定格，讶然，惊慌，继而充满歉疚，呀，呀，对不起，对不起，我认错人了。年轻男人笑，我以为你是陶陶呢，背影这么像。

没关系，郑可可低声说。转身走。眼里的泪，却尽收他眼底。这让他慌张了，哎，哎，是不是我拍疼了你？他追着她问。

不是。郑可可回头，见他还跟着她，她补充一句，你走你的，不要跟着我。声音冷、硬，不留余地。

街道拐角处，郑可可回头，见那个年轻男人仍呆立在原地。她望见他一袭白衣裳，白雕塑似的一个人，心无端地疼了一下。她想起陆言。

丽江

丽江的夜晚，是纸糊的红灯笼，一团的喜气。又恰似一袭五彩衣，光华耀眼。游人摩肩接踵，这边歌，那边舞。一个城的欢乐，是灿灿烂烂烟花开，听得见声响，嘭嘭嘭地，不绝于耳。

郑可可夹在游人中。她的前面是一对小恋人，女孩娇小，男孩高大。两人的背影看起来，很般配。女孩一会儿手指烧烤摊，娇声说，我要吃烤肉串。男孩就巴巴跑去买。女孩一会儿又手指路边的水果摊，说声，我要吃香蕉。男孩又巴巴跑去买。这样的甜蜜，是三月的雨，极易濡湿人的心。郑可可别过头去，不看，却有泪，掉落。

她不知道往哪里去，只是漫无目的地逛着，偶尔也在一些卖小吃的摊子前停下来，望着那里的烟火蒸腾，她心酸地想，曾经她所求的仅仅是这么一点儿，就是可以在烟火里，为心爱的人煨粥煮饭。

卖银饰的妇人穿梭于人群中。银手镯套在腕上，银项链挂在脖上，她们叮叮当当走在人群里，向游人兜售那些银饰。这东西好呀，辟邪呀，还可以祈福求寿呢，她们这样说。旁边的店铺里，也有大量的银饰银器，在一层一层的玻璃后，亮亮地挤眉弄眼。仿佛世间所有的银，都集中到这个叫丽江的地方来了。

郑可可想买一对银脚链，挂着两个小铃铛的那种，轻轻一摆脚，铃铛丁零，清脆的声响，会暖了寂寞的心扉。店主说，套上这银链，许个愿，爱着的人，就会永远套在你的脚脖子上了。郑可可想，我没人可套，就套我自己吧。她在一堆银脚链面前举棋不定。有浑圆的声音在耳边响起，这对好看。修长的指，拿起镶着杜鹃花的银脚链，对着她晃。郑可可顺着那手指往上看，再往上看，就看到一张笑脸，嘴角飞扬。世界真小啊，他竟是昆明遇着的那个年轻男人。

你怎么……郑可可满脸写着惊诧，心里涌出小小的欢喜，这异乡的相遇，竟是重逢，带着无端的亲密性。

一起去茶楼喝茶，很熟的人了。坐在临河的茶楼上，郑可可知道了，这个年轻男人叫于杰，广州人。

是不是女孩子都喜欢一个人往外跑啊？像你，像陶陶。我在找陶陶，那丫头也是一个人跑出来了。在喝完第三杯茶后，于杰这样笑望着郑可可说。

郑可可欢喜的心，一下子掉下来。她说，我累了，想回去睡了。

搞得于杰不知所措。想送她，被她一口拒绝。不要跟着我！这是她在丽江对于杰说的最后一句话。

萍水相逢，总是不算数的，再多的奇遇，也是为别人的故事作序。郑可可想。

玉龙雪山

据说玉龙雪山，有处山峰，上有天然大草甸，风光绝美。

游人如织，都是冲着大草甸来的。几乎所有游客都是坐索道上去的，郑可可却决定自己爬上去。

她的高原反应，在丽江时就有，头疼，脑晕。这会儿爬山，反应变得强烈起来，气喘得厉害，呼吸有些跟不上。她不得不走走停停。前面是树，后面是树，峭壁悬崖，望不到尽头。在当地，曾流传此山为殉情山。年轻男女相爱不能相守，就相约来此处跳悬崖，以求长相依。

郑可可想，她若跳下去，陆言会不会良心不安？在一走神的当儿，她脚下一滑，差点摔倒，身后及时伸出一双手扶住她。当心！竟是于杰的声音。

没有话，手自然而然相握到一起。一路走，一路看，间或交换一下眼神，竟都是懂得。有乌鸦在林间呱呱，黑色的影，呼啦一下，从这片林，飞到那片林去了。叫声听起来并不凄烈，甚至有些暖。

他们后来终于登上山顶。那里果然有一片大草甸，他们坐在草甸上，望山那边的夕阳，像熟识许久的一对人。天光云影共徘徊。于杰忽然叹口气笑，郑可可，你真是个傻丫头。郑可可嘴角牵了一下，想，我傻什么呢？她没有说话。只觉得时光宁静，心也宁静，身边的这个男人，也很宁静。

有当地藏族群众过来，热情地要他们来一张合影。才十块钱一张，两分钟可取，你们来一趟多不容易啊，留个影吧，天长地久和和美美。旅游景点的开辟，让这些少数民族人，很快学会了市场经济。于杰目光探寻地看看郑可可，郑可可抬头说，哦，不用，谢谢。

白水河

都说白水河是条情人河。白水河的水不深，水流也不湍急，它是玉龙雪山融化后流成的一条河。河水白花花的，冲刷着石头一路而下，终年冰凉刺骨。当地相爱的年轻男女，都爱到这条河边表明心迹。女孩为了考验男孩，会让男孩赤脚背她蹚过白水河。

站在白水河下游的桥上，于杰遥指白水河，对郑可可说，要不要下去试试，我背你？

郑可可想说，好啊。但说出口的却是，你不是要找陶陶吗？

再美的相遇，亦不过是萍水相逢。

香格里拉

　　郑可可一到香格里拉就病了，头疼，发热，咳嗽。

　　于杰送她去医院。医生抬起眼皮看她一眼，慢条斯理说，这是高原反应，吸两袋氧就好了。

　　郑可可吸氧的时候，于杰一直守着，握着她的手，很心疼地说，你不该一个人跑出来。窗外，是另一个蓝天，天很低，云很白。郑可可想，世外桃源原来就是这个样子啊，人安在，景安在，一刻也是永久。

　　两袋氧气吸完，郑可可感觉好多了，她和于杰一起逛街。从丽江买来的银铃铛，一路丁零零地在她的脚脖子上唱着歌。于杰说，这多好啊。郑可可站着看他，看到他眼里，有亮亮的东西一闪。她低头，有些恻然。

　　香格里拉的夜晚，冷得清冽。于杰提早给郑可可买了一条大披肩，紫罗兰的，很柔软的质地。郑可可百感交集地披上。于杰说，好看呢。

　　他们走进一藏族群众家，热忱的藏族群众请他们喝酥油茶。陆续来了另一些游客，一间屋里，很快挤满了人。他们学唱藏语歌，学说藏族话，气氛热闹且热烈。很快，篝火燃起来，大家一窝蜂上去围着篝火跳舞，你的手搭着我的肩，我的手牵着你的袖。五湖四海，所有的萍水，都成熟识。

于杰的手，一直牵着郑可可的手。一个扭身的动作里，他们的头紧挨到一起，郑可可听到于杰在她耳边说了一句什么，好像是说，可可，你不要走。或是可可，你跟我走。嘈杂喧闹里，那句话，像呼出的空气，很快消散于无形。郑可可没有听清楚，她"啊"了一声，看到于杰的笑脸对着她，于杰大着声说，跳吧跳吧可可！

这样一直玩到大半夜。郑可可没有告诉于杰，她明天要返回家乡南京去。在回各自住处的时候，她弯腰对于杰说，明天见，扎西德勒。于杰也跟她弯腰说，明天见，扎西德勒。他们笑着招招手，这就别了。

南京

从香格里拉回来，郑可可大病一场。

一个月后，当郑可可站在秋阳高照的南京街头，秋已深了，她觉得自己像个隔世的人。

女友娜娜说，给她介绍了一男孩，人很老实，长得也不赖，要她去看看。她们约在香格里拉酒楼见面。郑可可听到"香格里拉"这个名，心"扑通"跳了一下，呼吸急促起来。于杰的样子，隔了山隔了水地飘过来，白衫，白裤，微微笑着。想再细细看，一切却如一片草甸，一叠山峦，云烟漫起，那么远那么远。

她摇摇头，一片梧桐叶落下来。哦，人生又是一季了。她伸手打车，去往她要去的地方。亦想好，如果见面的那个男孩不错，就把自己嫁了罢。嫁谁不是嫁呢？

一辆车在她面前停下来，她正准备上车，突然听到身后一声，可可。浑圆的，充满阳光的。她愣住，又一声，可可。几米之外，站着于杰。

于杰后来告诉郑可可，南京很美，他很喜欢。那个时候，于杰已在南京找到一份工作，他决定与南京长相厮守。

水仙

　　每年冬天，我都会去街上，买上一两盆的水仙回来，这几成惯例。

　　倘若哪一年忘了买，心里会极不踏实，总觉得家里少了点什么。即便是到了年脚下，也还是要专门跑出去一趟，买。满街的水仙都长高了，都打花苞苞了，有好多的都盛开了。花贩会数着花朵卖。看，这棵上有五朵花苞，这棵上有六朵花苞。你真会挑，这么多花苞苞啊，搁家里，开起来多香哪。一朵三块钱，三五一十五，三六一十八，啊，算便宜点给你吧，两棵你就给三十块钱好了。花贩舌灿若莲。

　　我持着花，犹豫着，都长这么高了！都长这么高了！心里惋惜着。

　　我其实，更想买到水仙花球，回来慢慢长。

　　水仙花球很像一个谜。不，不，它就是一个谜。你根本不知道它紧裹着的小身体内，到底藏着几朵花的梦。你把它养在一杯水里。装它的容器是不择的，用碗，用纸杯，用罐头瓶子，它都能很快驻扎下来，随遇而安，苦乐自知。

然后，你就基本上不用管它了，任它自个儿倒腾着去吧。记起它的时候，就去看看它，你也总能遇到小欢喜。昨天看时，它冒出两颗小芽芽了。今天再去看时，它已抽长出枝叶。枝叶也就开始疯了般地长，越长越密，越长越肥，越长越高。它走过它的童年、少年，直奔着花样年华而去。

花骨朵是什么时候打的？那完全是在你的眼皮子底下，偷偷进行着的，你竟说不清。等你发现时，肥绿的枝叶下，翡翠珠儿似的花苞苞，已在一眨一眨地看你。这也没什么可遗憾的，唯有这说不清，才叫人惊喜吧。是不请不约的意外相遇。

到这个时候，我以为，水仙已度过它最好的前半生。接下来，就毫无悬念可言了，每朵花苞苞，都会怒放，都会香得透心透肺、淋漓尽致。

它香起来的时候，我就有些忧愁了，是美人迟暮，想留也留不住。好在还有来年可等，来年，它又是好花一朵朵，开遍寻常百姓家。

以前我在乡下小镇生活，认识一个老中医，他特爱养水仙。每年冬天，他家堂屋的条几上，一溜排开的，全是水仙花，足足有十多盆。他的水仙长得特别，像专门挑拣过似的，有型有款，不高不矮，不胖不瘦。葱绿的枝叶，托起小花三五朵，幽幽吐香，脉脉含情，真正是当得了诗里面夸的"凌波仙子生尘袜，水上轻盈步微月"。

问他讨过经验。他说，水要适度，阳光要适度，营养要适度。这"适度"，不是人人都能掌控的。我家的水仙，也便还是由着它的性子长了，乱蓬蓬的一堆叶，乱蓬蓬的一团香，失了仙气，倒像一率真任性的乡下"疯丫头"。这样也好，它保持了它最原始的本真。

Chapter 04

故乡的原风景

在远离故乡的天空下，我静静坐在台阶上听，一片落叶，从不远处的树上掉下来。天空明净，明净成一片原野，秋天的。原野上，小野菊们开着黄的花，白的花，紫的花。弯弯曲曲的田埂边，长着狗尾巴草和车前子。河边的芦苇，已渐显出霜落的颜色。

故乡的原风景

　　《故乡的原风景》一曲，是日本陶笛家宗次郎创作的。我是一听倾心，再听倾肺，是倾心倾肺了。

　　其实，令我惊异的不仅是乐曲本身，还有，演奏乐曲所使用的乐器——陶笛。这是一种极古老的乐器。大约公元前两千年，在南美洲就有了黏土烧制的器具，可以吹奏简单乐曲，被认为是最早的陶笛。十六世纪流传到欧洲，不断得到改造，由一孔发展到多孔，音域随之增加，吹出的声音，更是清丽婉转。二十世纪二三十年代，一个叫明田川孝的日本年轻人，在德国第一眼见到陶笛，立即被它迷住了。他对这种乐器进行加工，制作出十二孔日本陶笛，风靡日本。随着陶笛在日本的风靡，日本出现了许多陶笛演奏家，宗次郎，就是其中杰出的一个。

　　跟明田川孝一样，宗次郎也是第一眼见到陶笛，就被迷住的。后来，他干脆自己盖窑，亲自烧柴，制作属于他自己的陶笛。当我听着《故乡的原风景》时，我总是不可遏制地想，这是泥土在欢唱呢。那些沉默的泥土，那些厚重的泥土，在懂他的人手里，变成亲爱的陶笛。一个孔，两个孔，三个孔，四个孔……孔里面，灌着风声，草声，流水声，鸟鸣声……这是故乡啊，是魂也牵梦也萦的故乡，是根子里的血与水。他给它生命，它给他灵魂，那是怎样一种交融！

我以为，真的没有乐器，可以替代了陶笛，来演奏这首《故乡的原风景》的。在远离故乡的天空下，我静静坐在台阶上听，一片落叶，从不远处的树上掉下来。天空明净，明净成一片原野，秋天的。原野上，小野菊们开着黄的花，白的花，紫的花。弯弯曲曲的田埂边，长着狗尾巴草和车前子。河边的芦苇，已渐显出霜落的颜色。有水鸟，"扑"地从中飞出来，在半空中划过一道美丽的弧线。风吹得沙沙沙的。人家的炊烟，在屋顶缭绕。间或有狗叫鸡鸣。还有羊的"咩咩咩"，叫得一往情深，柔情似水。

如果是月夜，则会听到很多梦呓的声音：草的，虫的，树的，鸟的，房子的……它们安睡在亲切的土地上，安睡在陶笛之上。孩子依偎在母亲怀里，睡得香甜。月光在窗外落，像雪，晶莹的，花朵般的。世界是这样的宁静，宁静得仿若人生初相见。初相见是什么呢？你的纯真，我的懵懂。如婴儿初看世界，一片澄清。

一个中年朋友，跟我描绘他记忆里的故乡，他肯定地说，那是一种声音，黄昏的声音。那个时候，他在乡下务农，挑河挖沟，割麦插秧，什么活都干。每日黄昏，他从地里扛着农具往家走，晚霞烧红天边，村庄上空，雾霭渐渐重了。这时，他就会听到一种声音，在耳边流淌，欢快的，欢快得无以复加。他的心，慢慢溢满一种欢愉，无法言说的。"你说，黄昏到底会发出什么样的声音呢？"多年后，他在远离故土的城里，在一家装潢不错的酒店的餐桌上，说起故乡的黄昏，他的眼里，蓄满温情。

我以为，那一定是泥土的声音，那些饱吸阳光与汗水的泥土，那些开着花长着草的泥土，那些长出粮食长出希望的泥土……除了泥土，还有什么，可以让我们如此亲近？

小友谊

云是什么时候跟我走到一起的，实在说不清。这很像一阵风相遇到另一阵风，一滴水相遇到另一滴水，似乎是没有印记的事，却又那么自然而然。三岁的我，有了云这个玩伴后，很少再一个人去渡口玩了，我奶奶也从河南岸搬回河北岸的家里住。

云家离我家约莫二里路，我们四队有四分之一的人家，都住在她家住着的那个大屯子上。每天一大早，云就来找我了，戳在我家门口，用我奶奶的话说，像根木桩。云看我奶奶给我梳头，很有耐心地等着我。我奶奶总是怨我头发又密又多，我头发稍稍长得长一点儿，她就抓把剪刀，按住我的头，嚓嚓嚓，把边上的全给剪了，只留头顶一小撮儿，这一小撮儿，可以扎成一根小辫子垂下来。我的脑袋远远看过去，就像戴了一顶瓜皮小黑帽，拖着条小尾巴。

云是很羡慕我有这条"小尾巴"的，她没有。她的头上秃秃的，清清楚楚看得到她的头皮，那上面生着癞疮，流着淡黄的脓水。云摸我的小辫子，一下一下。她每摸一下，就跟我说一回，说她马上就可以留长头发了，也可以梳像我一样的小辫子。"我妈说的。"云这么强调。

我家穷，云家穷，一个村子的人家都穷。但穷与穷又有不同，有的穷得很整洁，有的却穷得很邋遢。我的衣服虽破虽旧，但被我奶奶拾掇得有棱有角。我奶奶的针线活也是没得说的，补的补丁，针脚细密均匀，如绣花。我脚上也有鞋穿，冬天运气好的话，还能穿上棉鞋，棉花絮得厚厚的。我妈只要一有空闲，手上总不离鞋底，一针一线速速地纳着。云的家却属于穷得很邋遢的那一种，云身上的衣服总是破破烂烂的，袖子都挂下一大块了，今天见着，那一块挂着，明天见着，那一块还挂着。跑起来，那一块在风里飘，像只大鸟在飞。云的脚上也有鞋，那鞋不知哪一年的，或许是她姐穿剩下的，或许是她哥穿剩下的。鞋是没有后跟的（被踩平了），她就趿着鞋走，即便大冬天的也是如此。云的脚看上去就有些恐怖，脚后跟裂开一道道鲜红的口子，往外渗着血水。脚面肿得跟小馒头似的，一遇大太阳照着，温度上来了，就痒得厉害。云做得最多的动作，是坐在田埂上，不停地搔脚。脚都搔破皮了，还要搔。

"我妈给我做绣花鞋呢，好看的绣花鞋。"云梦呓般地说。我对此深信不疑，甚至有些向往，绣花鞋呀，多神气。我就天天盼着云穿着绣花鞋来。云说，上面绣着小鱼呢。上面绣着小花呢。上面绣着小鸟呢。然而过去了好多天，还是不见云穿来，云依然趿着那双没后跟的鞋，看不出鞋的颜色，鞋底都磨破了。"你的绣花鞋呢?"我追问。云低着头,半晌后才说:"绣花鞋被我弄湿了,我妈把它放锅膛里烤,被火烧掉了。"我真替云难过,回去说给我奶奶听,我奶奶笑了,说:"那个懒婆娘,哪里会做绣花鞋。"这话我听不大明白,我只怔怔的,想着云的绣花鞋没了,觉得失落得很。

云比我大两岁,却像个影子似的,跟着我。我说向东,她就跟到东。我说向西,她就跟到西。大家都叫她呆云。这称呼里,带着极大的轻视。云不在意,只管拿眼珠子瞪人,管你说什么,她就是瞪着你不开口。我尚不能理解那个"呆"字的含义,也没感到跟她在一起有什么不妥,我们除了吃饭睡觉,几乎都黏在一起。倒是我爸有次似无意地跟我妈谈起,说:"二丫头成天跟那个呆云在一起,跟后面怕是要变傻掉。"我妈说了什么,或者没说什么,我记不清了。之后,云依然一大早就跑来找我,戳在我家门口,看我奶奶给我梳头。我家里人也没有为难过她,不单没有,我奶奶有时还好心地帮她洗洗头,给她的癞疮上敷上一层土霉素粉子。

我们一前一后走着,提着小猪草篮子。大多数时候,我们是沉默的,语言对孩子来说,有时真是多余,只要有颗快乐的心。对,我和云的心里就装着说不出的快乐,我们懒洋洋地走在暖融融的阳光里,田野里总有太多好玩的小东西,蜜蜂、蝴蝶、瓢虫、蜻蜓、蚂蚱,还有一种吾乡人叫它楝牛的虫子。其实它不独独生活在楝树上，在一些蔬菜和庄稼上，也活跃着它的身影。它的前额突起，顶着两根很长的触角，形似牛角，却比牛角要柔软细长，像插着两根天线。我在写到这里时，特地去百度了一下，原来大多数地方叫它天牛。

好吧，天牛。我和云，还有其他村里的孩子，顶喜欢捉这种天牛玩。它在我们见过的虫子里，算得上是顶漂亮的，身上印着大小不一的白斑点，像穿了件黑底子白花的衣。它的上颚强壮，有时不小心被它咬上一口，会咬出血来。捉它时，我和云很有经验了，用指头按住它那像盔甲一样的身子，让它动弹不得，即使它再挣扎，发出"嘎吱嘎吱"的叫声，也逃不脱的。我用我妈的纳鞋绳牢牢拴住它的后腿，牵着它跑，觉得特别武威。

我们不玩这些的时候，就坐到墒沟边去劈泥块。墒沟边总堆着许多泥块，被太阳晒得干干的。我和云举着小镰刀，把一块劈碎了，像碎豆腐，接着再劈另一块。想象着那是在剁肉，或是在切菜，或什么也没想象，只是单纯地快乐着那样的一上一下。碎泥土摊了一地，我们能静静地玩上大半天。

我有时错过回家吃午饭的时间，我妈找来，揪住我的衣领，把我拎回家，一路上训斥："你呆不呆啊，那些烂泥块有什么好劈的！"但过后，我和云还是常常跑去劈泥块，我们实在没别的意思，只是想和时光一起玩耍。

云突然要搬到红旗河南岸去住了。这个时候，我已五岁，云七岁。

我问云为什么。云说她也不知道。云说她妈妈不要她和小宝了，只要她哥和她姐，她和小宝要跟着她伯伯走，搬到河南边去，跟她瞎子奶奶一起住。这里且让我啰唆一下，吾乡人称父亲，叫伯伯的居多，"伯"跟"百"一个读音，第一个"伯"读阴平，第二个"伯"读上声。还有一部分人称父亲直接就一个字，父，我爸叫我爷爷就叫"父"。当我姐出生时，我爸很文明地用了"爸爸"这个词，一遍一遍教我姐。我姐和我，再加我两个弟弟，很自然地，一律叫他，爸爸。

而今，我爸很得意于他年轻时做过的几桩事，一是帮我们取名字。我姐取名敏，我取名梅，我大弟取名成，我小弟取名全，都是含了学问在里头的。就说我的名字吧，村子里叫红叫芳叫兰叫云叫英的，喊一嗓子，就会有好几个跟着后面应，都叫着这名儿呢，就是没有梅。大字不识一个的村人们，怎么会知道"疏影横斜水清浅，暗香浮动月黄昏"呢？我爸还很文艺地说，梅冰清玉洁，不畏严寒。后来，吾村姑娘的名字叫梅的多得泛滥，我爸撇撇嘴，很不满地说："全是跟我学的。"我爸第二桩得意事是，他让我们兄妹几个叫他爸爸，而不是叫伯伯，或父，这种文明的渗透，是终身受益的。三是得意于他拼命让我们读书。唯有读书才能改变命运，我爸对此信念坚定。我和我小弟都考上大学，吃上"公家饭"了，这成了我爸时不时拿出来显摆的事。

云是没有读过书的，用我妈的话说，学堂门朝哪边开她还不知道呢。云的父亲——孙加肥（这名儿挺怪的是吧，吾村很多人的名字都叫得这么有趣）是个很窝囊的男人，邋里邋遢，隔老远，就能闻到他身上的怪味。长相也丑陋，五官放在他脸上，乱得一团糟糕，根本分不清哪是眼睛哪是鼻子。走路时，他的大脚板拍在地上，一拖一拖的，很不利索。他的老婆嫌弃他似乎也有点道理，这样的男人，真不讨人喜欢。即便我是小孩，看着他也是不喜的。我奶奶却说是他老婆广凤不好，那个懒婆娘——我奶奶总是这么说广凤，"成天好吃懒做，要加肥养着她，就是家里有座金山，也被吃穷掉了。"我奶奶替孙加肥打抱不平。

我不大到云的家里去，我不喜欢孙加肥，也不喜欢广凤。小孩子的好恶观是很直接的，谁待人和睦亲厚，就跟谁亲近。广凤不是个和善的人，她的脸上少有笑容，我从来没见她笑过。她长相普通，但比村子里其他的女人要白，要胖，这与她极少到地里劳动有关。她成天待在家里，也不记得她在做什么，或是在做饭，或是什么也不做，就枯坐在一圈光线里，晒太阳。她看见云就骂，骂得很难听，嫌云的猪草篮子里没装满猪草，嫌云拖拖拉拉像她那个死不掉的伯伯。云被骂得傻愣愣的，不知怎么办才好，只拿眼珠子瞪她，直到广凤大喝一声："还不死出去！"云这才赶紧抱了猪草篮子，走出来。在路上，云跟着她那双没后跟的鞋，踢着路边的泥块，幽幽地跟我说："我妈今天不高兴了才骂我的，我妈昨天没骂我，前天也没骂我，她对我可好了，还给我做鸡蛋饼吃。"哎，一提到鸡蛋饼，我的口水就下来了。我也只在生病时，我奶奶优待我，才给我做一回。云许诺我，下回她妈给她做鸡蛋饼吃，她会带给我。我等过那个下回，一直没有等到，也就渐渐淡忘了。

云搬走的那天，村子里好多人在一边看热闹。也没什么好搬的，就一个小包裹，里面塞几件破衣裳。孙加肥在前面走，云和她弟弟小宝在后面跟着。众人指指点点，议论一番，都骂广凤心狠，好歹这俩伢儿也是她身上掉下的肉。是夜，我妈和我爸谈论白天这件事，里面跳出一个我不知道的人名，寿根。"寿根要是不死掉，也就没这俩伢儿了。"我妈说，语气里，是同情云和小宝的。我听得一头雾水，又觉得里面藏着很大的秘密，那是关于云的身世的秘密。我姐比我大四岁，已有了探究的欲望，她在一旁插嘴问道："寿根是哪个呀？"我妈斥责："大人说话，小孩别插嘴。"却又回答了我姐的疑问，"那是玲子和新富的老子，死掉了，云跟小宝和他们不是一个老子。"玲子是云的姐姐，新富是云的哥哥，都已经是大姑娘大小伙子了。怨不得玲子和新富，看见云也是一脸的嫌恶。我虽人小，这回倒是听明白了，原来，广凤是死过男人的，那个男人叫寿根。

云被她妈一脚踢出去，像扔掉了一块破抹布，再不看一眼。云有时过河来，站在她妈的家门口，想讨得一点怜惜。她姐看见了会骂，她哥看见了会骂，广凤看见了更是骂，骂得云不敢再去了。偶尔来，也是离得远远的，脸对着她妈的家，呆呆看。

我与云的小友谊，在云搬去红旗河南岸后，也就基本结束了。

尽管不久之后，我家也搬去了河南岸，与她家仅隔了两户人家的距离。但我们之间，走动得少了，我再跟她待在一起，变得矜持起来，慢慢的，我们不再来往。

云也没有时间再陪我发呆，她有她要忙的事。她奶奶是个瞎子，要她照应。她父亲又是个不顶用的，要她帮衬。她后面还跟着个年幼的弟弟小宝，要她带着。下田干活，扫地做饭，浆洗缝补，她样样都要做。她头上也长出头发来了，又黄又稀。个子却蹿长，手臂粗圆。看见人也还拿眼珠子瞪着，不怎么开口。

我有时从她家门前过，低矮的几间草房，被茂密的树笼罩了，显得又小又暗，很荒凉的样子。她的瞎子奶奶坐在屋子前，一声一声叫："我家云哪去了？我家云哪去了？"我也没瞅见云，她或许又到地里去了。

有一回，我从那里过，透过树隙，看到一屋的老奶奶，围坐在一张桌子前，一律戴着镶黑边的帽子，穿桃红对襟褂子，气氛诡异。我很害怕，小跑着走开。多年后，我回忆起那样的场景，分不清是梦还是现实。我说给我妈听，我妈说："哪有那么多的老奶奶啊。"我说给我姐听，我姐说："一定是你眼睛花了。"小时，总遇到这样灵异的事，比如有一次，夜里，我和我姐起床上茅坑，茅坑是单独砌在外头的，在屋角。外面的月光好得很，地上像铺着一条银毯子，轻软闪亮。我们踩着这样的银毯子，往屋角去，突然看到那里蹲着两只雪白的小羊，听见响声，就跑了，沿着我家门前的田间道，箭一样射出去。很快，两团雪白的影，融入银白的月色里，世界一片安静，月光洒落的声音都听得见。我们傻了，站在那里。后来去察看我家的羊，一只也没少，好好的都在羊圈里待着呢。第二天说给大人们听，大人们也都惊奇，热议一番，最后我奶奶说："那是菩萨送来的财啊，被你们吓跑了。"

没多久，云的瞎子奶奶死了，像一滴水被风吹干，基本上没什么声响和印迹。云在十八岁那年定了亲，那男的我看见过几回，是个小木匠，个子矮小，很瘦，但很精神。待人也热情客气，遇到我们村子的人，不管认识的，还是不认识的，都主动打招呼。云很满意，她在门口给那男的洗衣裳，轻轻唤："树存，树存。"且唤且笑。树存应该是那小木匠的名了。云和所有恋爱中的女孩一样，变得又羞涩又幸福。

婆家来行大礼，送了十八斤一只的猪蹄膀给孙加肥，孙加肥乐得合不拢嘴。村里人跟着莫名的兴奋，大家遇到了，都要对此事议论一通，语气里不无羡慕。十八斤一只的猪蹄膀，啧啧，出手真大方。都说呆云有呆福，婆家有钱，她掉进蜜罐里去了。婆家也给广凤送了礼，广凤把礼收下，客气话却没有说一句。

云很快出嫁，指望着广凤这个亲妈能到场。有人去叫广凤，广凤的话说得绝绝的："她走她的阳关道，我过我的独木桥，要我去有什么用！"云哭着走了。

孙加肥患绝症时，云已有了两个孩子，全是女儿。婆家是想得个男孩的，结果失望了，对云也就没有开始那么好了。云的男人后来出去搞装潢，渐渐混成个小包工头，和云闹过离婚什么的。

最终，云的婚姻，也还维系着。

孙加肥临死的时候，云去求广凤来，见上最后一面，广凤把云骂出门去。分居多年，所谓的夫妻，早已名存实亡。孙加肥的葬礼，村里好多人去了，广凤也没有去。曾经的恨，已长成她心头的肉瘤，再割不掉了。

广凤另两个子女，景况并不好，大姑娘玲子嫁人后，过得穷困，极少回娘家。大儿子新富打了一辈子光棍，村里人都说他是个"二吞子"。不知道是不是这个"吞"，我以为照字面上解释应该是，吞子吞子，生不出孩子，类似于过去的太监，是娶不了老婆的。广凤也得了病后，衣不解带守在她床边的，只有她不认的这个姑娘云。云一直服侍到她过世，自始至终，她却没说过半句暖云心窝的话。身边的钱财，也都悉数分给了玲子和新富，云没有得到分文。云在广凤死后，大哭，问人："我妈为什么要这么对我？"心是被伤得彻彻底底的了，却在清明上坟时，早早提了丰盛的供品，去广凤坟上祭奠。

我回老家，遇见过云一两回，四十来岁的人，苍老得像五六十岁。她说："梅你现在享福啊，哪像我们。"我只讪讪笑着，不知拿什么来回答她。

槐花深一寸

槐花开的时候，我抽了空去看看。人生的旅途说长也长，说短也短，我们能相遇到的花期也有限，我不想错过每一场花开。

槐花也属乡野之花。它比桃花、梨花更与人亲，那是因为它心怀甜蜜。花开时节，空气中密布它的香甜，让你不容忽视。于是乡下孩子的乐事里，就有这么一件，爬上树去摘槐花。那也是极盛大的场景，树上开着槐花，地上掉着槐花，孩子们的脖子上、肩上落着槐花，口袋里，还塞着一串串白。随便摘取一朵，放嘴里品哑，甜哪，糖一样的甜。巧妇会做槐花饼、槐花糖，吃得人打嘴不丢。家里养的羊，那些日子也有了口福。

我来赏的这树槐花，在小城的河边，小城新辟了沿河观光带，这棵槐，被当作一景从他处移植过来。

傍晚时分，光的影，渐渐散去。黑暗是渐渐加深的，及至一树的白，也没在黑里头，天便完全黑下来了。这时候，赏花变得纯粹，周遭的黑暗做了底子，槐花的白，跳跃出来，是黑布上绣白花。

仰头望向那树白，心莫名被一种情绪填得满满的。说不清那情绪到底是什么。那一刻，时间停顿，风不吹，云不走，仿佛什么都想了，什么又都没有想。这是人生的态度，我更愿意把它理解为本能，是由不得你的。

微笑着，想起那首出名的山西民歌《我望槐花几时开》。歌里唱道：高高山上一树槐／手把栏杆望郎来／娘问女儿你望啥子／我望槐花几时开……盼郎来的女儿家，心焦焦却偏不承认，把相思推给无辜的槐花，哎呀呀，槐花槐花，你咋还没有开？这里的槐花，浸染上人间情思，惹人爱怜。

风吹，有花落下来。我捡起一串攥手心里，清凉的感觉，在掌中弥漫。白居易写槐花："薄暮宅门前，槐花深一寸。"我以为这是花落景象。古人尚不知花可吃，或者，知可吃而不吃，是为惜花。他们任由槐花自开自落，一径落下去，在地上铺了足有一寸深的白。真是奢侈了那一方土地，埋了那么多香甜的魂。

渡口

是那样万般无奈的凝视

渡口旁找不到

一朵可以相送的花

就把祝福别在襟上吧

而明日

明日又隔天涯

　　这是席慕蓉当年的诗《渡口》中的一段。曾经的风靡，是不消说的，大凡有点儿文艺细胞的少男少女，无不把它抄摘在笔记本上，时时默诵，默诵得一颗心，莫名地忧伤得很了。仿佛已幻化成渡口边告别的那一个，一转身就成背影，从此后，山高水长，天涯无边。

　　少年的心，是脆弱且敏感的，如三月里初生的芽，踮着脚尖，拼命地朝着春风里长。

　　我呢，我是什么时候遇见它的？忘了。初见它的那种震撼之感，却深刻着。我只粗略地看一眼，便像被魔咒镇住了似的，一时半会儿动弹不了，只管傻傻地发呆。

现在，我愿意把它铺排成冬天，我也不过十三四岁的年纪，坐在教室里听课，听着听着，就走神了，脑子里回响着刚刚在同桌的本子上看到的这一段诗。同桌是个黑瘦的姑娘，成绩平平，平日里寡言，只闷头做她的事，与我的关系不疏也不密。她拥有了这首诗，委实让我吃惊不小，一时间看她，竟是温婉和睦的，与往日里有了大大的不同。

那一天，我一直试图找些话题，与她亲近，直到她厌烦了。后来，我把那首诗借来，一字一字，抄到了我的语文课本上。渡口，渡口，我一边听课，一边在心里念着。教室外的梧桐树，只剩下光秃秃的枝丫，扛着一大把碎碎的阳光。有鸟飞过，或者没有。天空干净得像块晒干的白棉布。这样的萧条，是极配这首诗的。

我的渡口，其实是天晴日暖万物葱茏的。

这得让我从吾村谈起。

吾村有个很励志的名字，叫勤丰，那意思是唯有辛勤劳动，才能收获丰成。这名字的确很配它，吾村从当初的一无所有，到后来的物产丰饶，靠的就是勤劳。

吾村地处苏北沿海，二三百年前，此处还是汪洋一片。随着海水东移，裸露出大片陆地，荒草丛生，飞鸟走禽出没。二十世纪五十年代初，国家号召拓荒垦地，堤西的人家被一批一批，迁移到这片荒地来。我爷爷我奶奶也提着家当，拖儿带女，从他们繁蔗的丁家庄，徒步几十里，来此搭棚建窝。可怜我奶奶做了多年的大家小姐，一入荒地，就像掉进一口枯井里，上不得，下不得，叫天不应，叫地不灵。她后来屡屡跟我们忆起垦荒这一段，说她天不亮就起来割草，割一担草，才换到一两米面。她割啊割啊，手上全被刀划破，找不到一块完好的皮肤。虫子也来欺负她，蛇也来欺负她，头上还有毒太阳照着，身上的衣服没有一根纱丝是干的，身前身后，都是比人高的草啊，她以为她会死掉。可家里还有那么多张嘴在等着要吃饭哪。我死也死不得，我奶奶摇头叹。岁月的阴影，凝聚成她脸上痛苦的褶皱。

一块一块的荒地被开垦，路有了，河有了，庄稼稠密，邻里鸡犬相闻。吾村规模渐成，始称勤丰村大队，下设八个分队，我家被划到四队。一条红旗河，浩浩荡荡由西向东，把四队拦腰截成两半，一半在河南岸，一半在河北岸。我家当时住在河北岸，一个土墩子上的独门独院，三间草房坐北朝南算是正房，旁边搭一棚屋，砌了锅灶，用做厨房。屋子周围遍植木槿，形成天然的院落。屋前长棵歪脖子枣树，是我三娘娘（吾乡人称姑姑为娘娘）做姑娘时栽的，甜了很多孩子的童年。屋后长着墨绿的竹子，无人管它，一年一年的，它竟葳蕤成一大片竹园，在吾村及方圆几十里的地方，成了一大特色。我三岁时一次走失，在陌生地正哭得声嘶力竭之际，忽有好心的妇人，蹲下身子很和气地问我："小丫头呀，你是哪家的伢儿呀？"我知道这么回答："我是长竹子那家的。"妇人恍然大悟，直起身子，双掌很响亮地一击拍，对旁边站着看热闹的人说："原来是四队志煜家的呀。"志煜是我爸的名。结果，我被人顺利护送到家。

我家的邻居不多。后面隔两节田远，有一户姓谢的，户主人称谢四，据说是扛过枪当过红军打过仗的。这个据说，没有得到证实过。我两三岁看他时，他就是小老头一个。我一二十岁看他时，他还是小老头一个。几十年的光景里，他就一直那么苍老着。他们家齐刷刷三个儿子，都长得人高马大的，却游手好闲着。有时在外吹嘘他爹的光荣史，听的人一脸哂笑，掉过头去，从鼻孔里"哧"一声。

他们家在村里很不受欢迎，与我家关系也冷淡，素无往来。我奶奶那样一个随和的人，有次也跟人说，这家人太蛮了（吾乡人说人不讲理，称为蛮），蛮得像喽喽藤。喽喽藤是吾乡一种难缠的野生植物，只要落地生根，它就到处乱缠乱牵，剪不掉，理还乱。我奶奶用这个比喻来形容这家人，可见得她是深受过其害的。

我却无甚印象，也没见他们家做过什么坏事，顶多是看到谢四老婆，凌厉地挥着一根长竹竿，赶我家跑过去的鸡，追得又急又狠。鸡慌不择路，鸡毛乱飞。

我家与他们家做了一些年的邻居，在我六岁那年，我家搬了，搬到红旗河南岸，与他们家隔了一条河，更无往来。但一个村子住着，彼此的消息是顺风飘的，谢四的三个儿子都打了光棍。谢四有一天夜里，觉睡得好好的，死在了床上。那时，我已大学毕业，在外工作，家对我来说，已成老家，我回老家少了。一次节假日回去，我妈很兴奋地告诉我，谢四家捡到一个伢儿了。

是个女婴，被人用篮子装着，挂在他家屋檐下。谢四老婆早起发现，喜出望外，她对前来看热闹的人说："这下子，我们老谢家有后了。"大家尽释前嫌，都替他们家欢喜，有人送来摇篮，有人送来小孩的衣服奶瓶尿布，那孩子就此姓了谢。

我妈怂恿我去看看，说那伢儿长得可好看了，白白胖胖的。我经不住我妈的怂恿，真的让我妈领着，过了河跑过去看。沿路不断有人跟了来，渐渐跟成一支小队伍。我们这支小队伍抵到谢四家门口，谢四老婆闻风出来迎接。她看上去老得很了，曾经的凌厉不见，现出和善的样子。见着我，很是欢喜，牵着我的手，一直把我牵到摇篮边。"你看,好玩吧?"她盯着摇篮里的小女婴，满是爱怜地说。小女婴醒着，不哭，不闹，脸庞饱满，眼珠子漆黑，吮着小手指，咿咿呀呀的，如颗莹润的珍珠。那天我应该说了一些赞美的话的，更多的却是难过，为这个幼小的被遗弃的生命。

谢四的三个儿子都做了这女娃的爸。大爸二爸三爸，长大了的女娃这么叫。小女娃十岁那年，她的亲生父母寻了来，当年，为了生个儿子，他们把她狠心送掉。后来，儿子有了，家业兴旺，他们很想找回这个送人的女儿。小女娃拿着扫帚追着她的亲生父母打，跺着脚哭着骂着，死也不肯跟着回去。关于这一段，我妈形容给我听时，说得活灵活现的。

不几年，谢四老婆得病死了。紧接着，三个儿子中的两个，一个得病死了，一个出车祸死了，剩下一个老二，带了这个女娃。女娃也没上过学念过书，成天趿着双鞋，蓬头垢面的，在村子里无所事事。有人逗她："给你说个婆家好不好？"女娃摇头："不，我要跟我二爸。"村里人再说起她，都一脸不着边际的笑，笑得又暧昧又意味深远。

我前面提到过，一条红旗河，把我们队分成两半。那些年，河上少有桥，要过桥，得绕很远的路，往东，跑到通榆村去。往西，跑到砖桥村去。谁有那闲工夫绕路呢！我们队两岸交通，便都靠渡船，这就有了渡口。

说是渡口，其实简易得很，就是人工凿出泥阶，一直下到水边，水边竖一根木头桩，系船绳用的。河这边有一个，相对应的，河那边也有一个。遇着下雨天，那泥阶打滑塌陷，队上就派人用草木灰铺上。渡船是条水泥船，船两头各系一根长长的粗绳索，分别扣在两头的木头桩上。船平素也无人照管，任它自由泊着，谁要是想过河去，就下到水边，拖住这边的绳索，慢慢往这边牵，船就跟着过来了。人上船，蹲到船那头去，拖住那头的绳索，慢慢往身边牵，船就行起来了，绳索牵到头，船也就到对岸了。

我三岁的时候，就能娴熟地如此过河，在这条红旗河上来去自如。我忆不起我当初怎么就会这个的，而且一次也没掉到水里去，它相当于本能。生活里总埋藏着许多本能的东西，无师自通。

也是在这一年，我大弟出生了。我妈和我奶奶不和，她们素来不和，这次不知交了什么恶，我奶奶丢下在坐月子的我妈，赌气搬到红旗河南岸来，用黄泥抹了两间窝棚，暂且住着。我记不清是跟了我奶奶，还是跟了我妈了。只记得那段日子，我落了单，总是一个人在路上晃，晃着晃着，就到渡口了，有时在南岸渡口，有时在北岸渡口。

一个孩子的世界是没有寂寞的，或者是不懂得寂寞，反正三岁的我，是不知道寂寞的滋味的，我一个人玩得很好。河边草多花多，我掐把草，能玩上大半天。掐把花，又能玩上大半天。河里鱼多虾多。那是真的多，你蹲在水边，就能看到无数条小鱼，在水里吹着泡泡。把脚伸进水里，它们会轻咬你的脚指头，痒痒的，很有趣儿。有大人路过，看见我就当没看见，把我当作河边的一棵草，一朵小野花，他们有他们要忙的。也偶尔的，他们会停一停，吓唬我："二丫头（我在家排行老二），当心别掉水里去，水里面有老鬼，专门吃小孩。"

我并不害怕，晴天暖日的，怕什么呢？那么好的太阳，晒得我快化了。我想我妈了，更确切地说，是记挂着她床边那些吃的——馓子和脆饼。我妈坐月子，一些亲戚来看望，会送上几斤馓子几斤脆饼，外加一包红糖。吾乡人送月子礼，都是这样的。我真馋那些馓子和脆饼，油汪汪的，我妈一次只肯拿一点给我和我姐。我一会儿就吃完了，我姐也是，我们贪婪地看着沾在手上的油，在大太阳下，手指儿闪闪亮。我把小指头放在嘴里吮，小指头也是香的。

我爬上渡船过河去。有时有大人也过河，顺便把我提上船，像提一只猪草篮子。有时没有，我就自己爬，再伏到船那头拉绳子。现在回想起来，我真吃惊于那时的能干，或者叫无知者无畏，现在看到船泊在河里，如果没有人帮衬着，我是万万不敢上去的。纵使战战兢兢上了船，也是头晕得厉害，何况还要自己拉着船走。一个三岁的小女孩，简直像条女汉子。

我过了河，撒开脚丫就朝我妈家奔去。渡口离我家还有二三里路，得越过好几块农田，还要翻过两条浅沟。沟边芦苇杂草蓬勃，麻雀或斑鸠在里面做窝。我们小孩经常在里面捡到鸟蛋，欢天喜地地拿回家去。我奶奶说，吃了鸟蛋脸上会生雀斑的。小孩才不管雀斑不雀斑的，只管那口美味。我吃过不少的鸟蛋，其他孩子也都吃过。

我奔跑的脚步会因此停下来，在芦苇丛中翻找一通，看看有没有鸟蛋。大多数时候是没有的，鸟不会像鸡一样天天生蛋，真叫人失望。我这么跑着走着，也就到家了。推开半掩的大门，走进房内，我妈多半倚在床上，头上扎着条头巾，像生了病似的，怀里抱着个会哭的小东西。房间的木格窗用塑料纸蒙着，房间幽暗。我妈的脸，也是幽暗的。我站在床边，朝我妈伸了小手，说："妈，我饿，我要吃。"我妈没好气地说："去去去，哪有吃的！"

有时却是沉默地看看我，叹一口气，探了身子，到床边的柜子里，摸出半块脆饼来。床边的馍子和脆饼，很快没了影，家里不再有好闻的油香味。更多的时候，我去时两手空空，走时，还是两手空空。没有就没有吧，我也不对我妈哭闹，转身再去玩耍，嚼嚼草根，随便摘个野果子往嘴里塞，玩着玩着，就又到渡口边了，爬上船，渡过河去，找我奶奶。

多年后，我站在我妈床边，仰着小脸，伸着黑黑的小手，问她要吃的场景，被我妈经常回忆起。我妈说着说着，声音就会矮下去，脸上有愧色，觉得十分十分对不起我。

去我二叔家，也要经过一个渡口。

我二叔入赘到一个叫民团的村子，离我家有二十来里路，在年幼的我的眼里，那是相当遥远了。这样的遥远，却难不倒我和我姐，我们三天两头就往那里跑。那时，我家能走动的亲戚委实不多，这个二叔家，算是很合我们小孩子意的，一来，我二叔二婶脾气不错，虽不怎么热情，但从不对我们喝声骂齿的。尤其我二婶，人长得跟面团似的，软塌塌的，没脾气。我们去了，比在家里还自由，她家有什么，我们就跟着吃什么，用不着顾忌。二来，我二叔家也有两个孩子，和我差不多大，我们凑一堆玩，上树下河，没天没地，那叫一个疯啊。

我二娘娘也嫁在这个村，离我二叔家也就三四节田远，我和我姐却很少去。在我家所有亲戚里面，这个二娘娘过得最富裕，也最体面。她的婆家世代行医，住的是小瓦房，吃的是白米面，身上穿的衣服极少打补丁。但我二娘娘在婆家地位甚微，虽替他们家生下两儿一女，说话做事，却都要看婆婆脸色。

我二娘娘的婆婆看上去很阴霾，身体硬朗，却成天拄着根拐，看到不满意的，就用她的拐东戳西戳。我姐暗地里称她地主婆。二十世纪七十年代，我们的小脑袋里能想到的最坏的人，就是地主婆了。"地主婆"看见我们去她家，脸阴得滴得下水来，朝我们频频翻着白眼，拐棒撞击着地面，咚咚咚，咚咚咚。她急呀，嫌我们又去吃他们家的了。我二娘娘吓得一句话也不敢说，只绕着锅台忙活。我二姑爸也不见得和善，看也不看我们一眼，沉着脸做事。我那两个表哥一个表妹，都被管得跟可怜的小鸡似的，看见二姑爸在，大气也不敢出一声。我和我姐匆匆扒一碗白米饭，丢下碗就走，也没人挽留。饶是这样，在我长大些，上学念书了，要填表格之类的，在亲友栏内，我都郑重地写上这个二姑爸，职业：医生。这么一写，我那卑微贫贱的身世，似乎就镶了道金边。

去我二叔家，我和我姐最怕的是要过一个圩子。圩子像座小山似的，横在我们必经的路口，上面总有一些小孩在玩耍，他们呼啸着从圩子上冲下来，再爬上去，泥块扔得满天飞。一看到我和我姐走近，那些小孩兴奋不已，这才有了战斗目标，一齐叫喊着打呀杀呀的冲过来，扔泥块儿围攻。小孩子对小孩子，是顶不讲同情心的，下手也没个轻重，每一次，我和我姐都被打得很惨。经历了几次教训后，我姐想了个法子讨好他们，知道要去二叔家了，提早在袋子里揣上一把炒熟的蚕豆，或是自己舍不得吃，省下来的冰糖，我们人才走到圩子口，我姐就叫起来："别打，别打，我有好东西给你们吃。"贫瘠荒芜里，一把炒蚕豆，或几粒冰糖，足以让那些孩子的眼睛闪闪发光，他们一哄而上，我们得以安全通过。但哪有那么多的炒蚕豆和冰糖呢，那对我们来说也是稀罕的吃食呀，所以，下次经过，我们还是照样挨打。

好不容易从圩子闯过来，我和我姐又要为怎么渡过河去而犯难。河是条宽阔的大河，比我们村的红旗河要激荡得多，朗朗一望，才能望到对岸，我二叔的家就在对岸。河有个怪异的名字，投婆河。我奶奶会讲这条河的故事，她讲过很多遍的，说是穷婆婆遇到恶媳妇，恶媳妇不给穷婆婆饭吃，让她成天干很重的活，还想打就打，想骂就骂，穷婆婆活不下去了，最后跳了河。我妈如果正好从我奶奶跟前过，我奶奶就会故意问我们："你们说，这个媳妇恶不恶？"我妈当时不说什么，却在事后发作起来，指桑骂槐一通。或找了由头，拿我和我姐中的一个，打一顿出气。

这么大的一条河，就有了很像样的渡口，砖铺的台阶下到水边，河岸边还搁着两张石凳供人歇脚。渡船是很讲究的木头船，上面搭着船篷，有专人管理。负责摆渡的是住在我二叔村子里的一小脚老太太，她的家，紧傍着渡口住。人在这岸要过河，只需站在岸边直着嗓子叫几声，过渡船噢——！老太太听见了，就会踩着碎步走出屋子，拿了篙子，下到河里，撑了船过来。摆渡一次，小孩一分钱，大人二分钱。我和我姐哪有钱啊，我们只有等，等有大人过河时，蹭上船去，老太太也不敢把我们推下水，只能骂骂咧咧让我们混过去。可有时，我们等半天，也没人来过河。过中午了，肚子真饿啊，我们望见二叔的家，太阳光打在他家的屋顶上，一群小鱼儿在跳似的。也望见我的两个堂弟，在家门口玩，他们快乐地跳着蹦着。也望见我二叔，进进出出的，在忙活着什么。他们是看见我和我姐的，只当没看见。亲戚家走动的次数多了也就不香了，且他们家也穷，每回都要添上我们两碗饭，那得让他们多喝好多日子稀的。在当时，我和我姐的思想还远没这么复杂，只是单纯地想着，我要过河去，我要去二叔家，也不管人家乐意不乐意。

多数时候是无奈的，没钱，那小脚老太太是不肯摆渡过来的。渡口安静，阳光成桶地倒下来，水也不流，风也不吹，小木船兀自泊在河对岸，像纸叠的似的，近着，又远着。我和我姐蹲在岸边的草地里，等啊等啊，一边无聊地揪着草根，真期望草根里会冒出二分钱来。有那么一回，我们这么揪着揪着，草根里竟真的跳出二分钱来，不知是谁遗落的，虽沾着泥巴，却是真真切切的二分钱。我们激动得心都跳出胸口了，把它反复擦拭，擦拭得亮闪闪的。二分钱从我手里，到我姐手里，再从我姐手里，到我手里，我们就这么来回地看着，乐着。我姐举着那二分钱，冲着河对岸，理直气壮地叫起来："过渡船噢——我们有钱！"老太太站在屋子前，用手搭了凉棚，冲我们瞅，研究半天，确信我们没有说谎，她这才拿了篙子，撑船过来。

胭脂

突然听到"胭脂"这个名，我的心里，陡地吃了一惊。

是唤一个湿软的女子，她有着细长的眉毛，细长的眼睛，生在江南烟雨的小巷里，暗香浮动，摇曳生姿。又或是，古有女子，对镜理红妆，是"谁堪览明镜，持许照红妆"，是"玉面耶溪女，青娥红粉妆"，——这里的"红"，就是胭脂。素手纤纤，在胭脂盒内蘸取一点，拍在腮上，女子的脸，立即艳若桃花。

彼时，夕照满天，我正弯腰，在细细打量一丛花。那是块拆迁地，断壁残垣处，它开得勃勃生机，喜庆热闹，全然不理周遭一片瓦砾倾轧。紫红的一朵朵，昂昂然，艳，鲜嫩，有股不屈不挠的架势。在我，是旧相识。只没想到，阔别多年，会在城里与它不期而遇。

一遛狗的老先生路过，以为我不识此花，随口告诉我，是胭脂啊。因他这一说，我认定他是个文化人。我用微笑向他致意，颔首谢过，却在心里翻江倒海。

它居然有这么个香艳的名字。

童年的乡下，家家都有这么一大丛胭脂花，长在厨房门口。仿佛它生来就派长在那儿，是乡村应有的模样。像屋后面有河，弯弯的田埂边开野花。像屋顶上歇着无数的雀，牛羊的叫声，此起彼伏。

它在傍晚开，早上合，和月亮一起盛放，和星星们一起旖旎，它是夜的精灵。——我的乡亲远没这么抒情，在他们眼里，天地万物，都是本来的样子，鱼在河里游，鸟在天上飞，没什么可奇怪的。家家做晚饭不看钟点，只要瞟一眼厨房门口的花就是了。哦，晚婆娘花开了，该做晚饭了，他们自言自语。

对，他们叫它，晚婆娘花。是勤恳持家的小主妇，夜幕降临了，还不肯歇息，纳鞋打粮，为一家人的生计打拼，直到月亮累弯了腰，花儿也要睡了。

断指七爷的家门口，也长着这么一大蓬胭脂花。七爷的断指，说是打仗时打掉的。激战中，他用手去挡子弹，子弹一下子削去了他四根手指。

我们小孩子好奇，问他，七爷，你真打过仗吗？

七爷从鼻孔里"嗤"出一声，不搭理我们，自去喝他的老酒。一桌一椅，一人一壶，斟满一个夕阳。鸟雀声稠密，一旁的胭脂花，开得沸沸扬扬。

我们傻傻看着，被眼前景怔得无话可说。这时，突然听到七爷幽幽吐出一句，喊，我跨过鸭绿江时，你们这些小毛头还不知在哪片草叶上飘哪。

我们不懂什么鸭绿江，但从他的神态上，肯定了他果真是打过仗的，心里便把他当英雄崇拜。村里人也都这么崇拜着，对他尊重有加。他无后，孤身一人，住两间茅棚，极少种地，家里却从不缺吃的。谁家新打了粮，有了时令蔬菜，都给他送。我受母亲委托，曾给他送过扁豆。这任务让我觉得光荣，小篮子提着，全是新摘下来的扁豆，散发出一缕一缕清香的味道。他收下扁豆，叫我好姑娘，在空篮子里放上两块糖，说，替我谢谢你妈妈。他这么一说，我便高兴得不得了。有糖吃自然高兴，还有他谦和的语气，也让我莫名开心。

一年一年的，村庄见老了，七爷却不见老。前几年我回乡遇见，他还是那般样子，八九十岁的人了，耳不聋，眼不花，一顿还能喝掉半斤酒。全村人都把他当老佛爷了，家家有事，他都是座上客。

他的房子村人们给新修了，小瓦盖顶，门窗结实。只遗憾着，门前不见了胭脂花。

彼岸花

我画了一枝彼岸花。用大红和深红的色彩涂抹，描着描着，手怯。纸上的色彩，太鲜艳了，血一般的。

世上少见这种花，花与叶两不相见。花开，叶在彼岸。叶来，花在彼岸。一点不拖泥带水，决绝得叫人心疼。偏又血脉相连，枝枝蔓蔓上，都是对方的气息。那一个的在，是了然于心的。却注定了今生无缘，来世无分，只能一任思念，雕砌着日日夜夜。

这世上，原还有一种情在，未曾相遇，便早已错过。

命运就是这样的蹉跎。是年少时的那个故事，记不得是谁讲的了。或许是我爷爷，或许是我父亲。说是一年轻男人，收听广播时，爱上了广播里的一个声音。每日晚上，那声音会准时响起，先是开场白：各位听众，晚上好。女声，甜美，清脆，如百灵鸟。这声音有时会讲一两个小故事。有时会讲读一两篇小通讯。有时会播报几则时事。不管她讲什么，在年轻男人听来，都是极好的。他爱上了。

他去找她，不得见。给她写信，写了很多。终一天，她回复了，竟是妙龄女郎一个。他真是欢喜啊。他们约好见面。见面那天，他早早去，却听说，她犯了错，被押解到某地劳教去了。他辗转追到某地，她却又被遣送至他乡。从此，音信杳无。他一辈子未曾娶妻，只等着那熟悉的声音再次响起。到死，他也没有等到。

故事真是悲，听得年少的心里，忧伤四起。茅屋檐下，彼岸花正不息地开。

那时不识此花，纤弱的。夏雨初息，水滴花开，一瓣瓣细长卷曲，红得触目。周遭顿时失色，只那一枝枝红，激荡在似乎空无一物的背景中。祖母叫它龙爪花。我想不明白，它与龙有什么关联。也只把好奇装在肚子里，看见它，也只远远看着。我们掐桃花，掐大丽花，掐菊花，掐一切看得见的花，却从未曾掐下它来玩。——小孩子是顶懂敬畏的，太美的事物里，藏着神圣，亵渎不得。

民间又一说，叫它蛇花。

那年，在无锡。惠山上漫走，满山都开着这样的花。石头旁，小径边，或是一堆的杂草中。它是当野花来开着的，没有一点点骄傲。然独特的气质，即便山野，也遮掩不了。那朵朵的艳红，把一座山，映得水灵而妩媚。喜欢，实在喜欢。我就掐一枝，拿手上拍照。

旁边走过三五个妇人，是老姐妹相聚着爬山的罢。她们对着我，叽叽咕咕说着什么，神情甚是着急。我听不懂，只能猜，以为她们指责我乱掐花草。于是很是羞愧，手上抓着那朵花，扔也不是，不扔也不是。又想狡辩，啊，它是从岩石下面开出来的一朵，是杂草堆里的，是野花儿。

一中年男人走过，看到我们大眼瞪小眼的样，赶紧帮着翻译，告诉我，她们说，你手上的蛇花是有毒的，赶紧扔了吧。

回家查资料，果然。中医典籍上叫它石蒜，如此记载：红花石蒜鳞茎性温，味辛、苦，有毒，入药有催吐、祛痰、消肿、止痛、解毒之效。但如误食，可能会导致中毒，轻者呕吐、腹泻，重者可能会导致中枢神经系统麻痹，有生命危险。

这让我想起"红颜祸水"之说。君王亡国，也怨了红颜。可是，有谁想过，祸水原不在红颜，而是绊惹她的那些个啊。如这彼岸花，它在它的世界里妖娆，关卿何事？你偏要惹它，只能中了它的蛊。——它就是这样的轻侮不得。这骨子里的凛冽，倒让我敬佩了。

它还有个极禅意的名字，叫曼珠沙华。是佛经中描绘的天界之花，说见之者可断离恶业。

霜后的青菜

霜后的青菜，是最好吃的。

绿是深绿，绿得泛乌。太阳出来时，霜不见了，却把精神魂儿留下了，渗进那绿得碧乌碧乌的叶里面。青菜看上去，很是水灵灵的，牵动着味蕾。我坚信霜是有味道的，微甜。

这样的青菜，烧一锅青菜汤是再好不过的了。跟豆腐搭配着，绿是绿，白是白，一清二楚着，既惹眼，又惹吃。嫩嫩的，透着鲜。

印象中，祖母提着菜篮，大清早就到田里去挑青菜。临走时，她的手沙沙地抚过我们的脸，把我们叫醒，说要上学去了。我们把头探出被子外，寒气突然扑面而入，呵气也能成霜，嘴里叫着，呀，冷。已到门外的祖母，不放心地回头再叮嘱一声，快起来，我去挑青菜啦。我们的心里开始泛暖，知道有青菜面条可吃了。

兄妹几个，打打闹闹起了床，祖母下的青菜面条，已在桌上冒着热热的气了，透着一股子的香，让人的胃热热地蠕动。我们迫不及待坐到桌边，祖母说，快吃吧，吃了暖和。然后舀水洗锅，一边念叨，霜水滴滴霜水滴滴呀。我们觉得这霜水滴滴好啊，有青菜的温暖，穿肠而过。一会儿，整个身子也暖和起来，像被裹在一层松软的棉被里。顶着西北风去上学，一路上都不觉得冷了。

也极喜欢吃菜冻，那在我小时的记忆中，简直就是美味佳肴的。菜冻的做法极简单，用鲫鱼和鲲子煮是最佳的。先煮鱼，放多多的汤水，然后，把青菜下在里面，烧熟，不用盘子装，最好用盆装。冷却下来，就成菜冻了。一条几斤的鲲子，可以煮两大盆菜冻的。

但那个时候，青菜常有，鱼却不常有，都在河里面呢，等着集体捕捞。所以，我们天天巴望着快快过年。腊月在我们的期盼中姗姗而来，终于开始集体捕鱼了。村里唯一的一条大河边，围满人，热闹得像过节啊。我们小孩子，则像撒欢的小狗，沿着河岸跑。从那时起，家家都可以吃到菜冻了，一直吃到正月里。那些日子，是极幸福的。

今年冬天，青菜特别多又特别便宜。早上去菜场买菜，一老妇人拖着一拖车的青菜守在菜场门口，望着每个进出的人，她都会微笑地招呼一句，买点青菜吧，霜后的青菜，好吃呢。

走过去，掏出手提袋最底层平时看不上眼的硬币，一毛一毛数过去，数上几毛，称得两斤。碧绿的一蓬青菜，就成我的了。想老妇人把一车青菜全卖光，也不过得十几块，实在不容易。就觉得兜里的钱币，有了沉甸甸的感觉。回家，路过早餐店，去买两个菜包子。听得一等候吃早餐的女孩，在关照下面条的店老板，一定要给我放多多的青菜啊。不由得一笑。

棉花的花

纸糊的窗子上，泊着微茫的晨曦，早起的祖母，站在我们床头叫："起床啦，起床啦，趁着露凉去捉虫子。"

这是记忆里的七月天。

七月的夜露重，棉花的花，沾露即开。那时棉田多，很有些一望无际的。花便开得一望无际了。花红，花白，一朵朵，娇艳柔嫩，饱蘸露水，一往情深的样子。我是喜欢那些花的，常停在棉田边，痴看。但旁的人，却是视而不见的。他们在棉田里，埋头捉虫子。虫子是歇在棉花的花里面的棉铃虫，有着带斑纹的翅膀，食棉花的花、茎、叶，害处大呢。这种虫子夜伏昼出，清晨的时候，它们多半还在酣睡中，敛了翅，伏在花中间，一动不动，一逮一个准。有点任人宰割。

我也去捉虫子。那时不过五六岁，人还没有一株棉花高，却好动。小姑姑和姐姐去捉虫子，很神气地捧着一只玻璃瓶。我也要，于是也捧着一只玻璃瓶。

可是，我常忘了捉虫子，我喜欢待在棉田边，看那些盛开的花。空气中，满是露珠的味道，甜蜜清凉。花也有些甜蜜清凉的。后来太阳出来，棉花的花，一朵一朵合上，一夜的惊心动魄，华丽盛放，再不留痕迹。满田望去，只剩棉花叶子的绿，绿得密不透风。

捉虫子的人，陆续从棉田里走出来。人都被露水打湿，清新着，是水灵灵的人儿了。走在最后的，是一男一女，年轻的。男人叫红兵，女人叫小玲。

每天清早起来去捉虫子，我们以为很早了，却远远看见他们已在棉田中央，两人紧挨着。红兵白衬衫，小玲红衬衫，一白一红。是棉田里花开的颜色，鲜鲜活活跳跃着，很好看。

后来村子里风言，说红兵和小玲好上了。说的人脸上现出神秘的样子，说曾看到他们一起钻草堆。母亲就叹，小玲这丫头不要命了，怎么可以跟红兵好呢？

家寒的人家，却传说曾是富甲一方的大地主，有地千顷，佣人无数。在那个年代，自然要被批被斗。红兵的父亲不堪批斗之苦，上吊自杀。只剩母亲，整日低眉顺眼地做人。小玲的家境却要好得多，是响当当的贫下中农不说，还有个哥哥，在外做官。

小玲的家人，得知他们好上了，很震怒。把小玲吊起来打，饿饭，关黑房子……这都是我听来的。那时村子里的人，见面就是谈这事，小着声，生怕惊动了什么似的。这让这件事本身，带了诡异的色彩。

再见到红兵和小玲，是在棉花地里。那时，七月还没到头呢，棉花的花，还是夜里开，白天合。晨曦初放的时候，我们还是早早地去捉棉铃虫。我还是喜欢看那些棉花的花，花红，花白，朵朵娇艳。那日，我正站在地中央，呆呆对着一株棉花看，就看到棉花旁的条沟上，坐着红兵和小玲，浓密的棉叶遮住他们，他们是两个隐蔽的人儿。他们肩偎着肩，整个世界很静。小玲突然看到我，很努力地冲我笑了笑。

刹那间，有种悲凉，袭上我小小的身子。我赶紧跑了。红的花，白的花，满天地无边无际地开着。

不久之后，棉花不再开花了，棉花结桃了。九月里，棉桃绽开，整个世界，成柔软的雪白的海洋。小玲出嫁了。

这是很匆匆的事情。男人是邻村的，老实，木讷，长相不好看。第一天来相亲，第二天就定下日子，一星期后就办了婚事。没有吹吹打打，一切都是悄没声息地。

据说小玲出嫁前哭闹得很厉害，还用玻璃瓶砸破自己的头。这也只是据说。她嫁出去之后，很少看见她了。大家起初还议论着，说她命不好。渐渐的，淡了。很快，雪白的棉花，被拾上田岸。很快，地里的草也枯了，天空渐渐显出灰白，高不可攀的样子。冬天来了。

那是一九七七年的冬天，好像特别特别冷，冰溜在屋檐下挂有几尺长，太阳出来了也不融化。这个时候，小玲突然回村了，臂弯处，抱着一个用红毛毯裹着的婴儿，是个女孩。女孩的脸型长得像红兵。特别那小嘴，简直一个模子刻出来的，村人们背地里都这样说。

红兵自小玲回村来，就一直窝在自家的屋子里，把一些有用没用的农具找出来，修理。一屋的乒乒乓乓。

这以后，几成规律，只要小玲一回村，红兵的屋子里，准会传出乒乒乓乓的声音，经久持续。他们几乎从未碰过面。

却还是有意外。那时地里的棉花又开花了，夜里开，白天合。小玲不知怎的一人回了村，在村口拐角处，碰到红兵。他们面对面站着，站了很久，一句话也没说。后来一个往东，一个往西，各走各的了。村人们眼睁睁瞧见，他们就这样分开了，一句话也没有地分开了。

红兵后来一直未娶。前些日子我回老家，跟母亲聊天时，聊到红兵。我说他也老了吧？母亲说，可不是，背都驼了。我的眼前晃过那一望无际的棉花的花，露水很重的清晨，花红，花白，娇嫩得仿佛一个眼神也能融化了它们。母亲说，他还是一个人过哪，不过，小玲的大丫头认他做爹了，常过来看他，还给他织了一件红毛衣。

花坛里的丝瓜

院门前的花坛里，原先长一株芍药，不知什么缘故，枯死了。花坛就一直空着，乱七乱八地长些杂草，弄得很荒芜的样子。母亲来，母亲打量着我家荒芜的花坛，说，可以种棵丝瓜的，自己长着自己吃，烧汤炒菜，多方便啊。

这主意不错。我倒不在意吃不吃的，市场上的丝瓜，有的是。花十块钱，可以买上好几根。我想的是，花坛空着也是空着，不妨长点正儿八经的植物，何况是这极具乡村情结的丝瓜呢？

我把母亲捎来的丝瓜种子，丢下几粒去。起初也不曾指望它能如何蓬勃，对它，放任自流着。它却出人意料地蓬勃起来，出芽，抽茎，打苞，开花，一步也不落下，每一步都走得认真极了。还自作主张攀上我家院墙，花苞苞插得满墙都是，在夏日的风里，且笑且开。白瓷砖的院墙，被它点缀得绿意荡漾，黄花朵朵。望过去，一墙的生气勃勃，让你想视而不见也不行。

邻居们路过我家院门口，都会停一停脚步，看看丝瓜，表现出他们的欢喜与惊讶来。呀，又长高了。呀，开花了。呀，又开两朵花了。就像亲眼看着一个婴儿成长，看着他出牙了，看着他会坐会爬了，看着他摇摇晃晃走路了，看着他会说话了……我们每个人的人生路，原都是这样，一步一步被看着长大的。

你说，这人还会不老吗？我的父亲说。在他回忆我的童年时，他总要发出如此的感慨。那时，丝瓜花趴在草垛子上，我在那一大丛的绿叶黄花前，对他伸出一双小手，吸着鼻涕说，爸，我要吃西瓜。当时庄稼地里是不长西瓜的，西瓜只在几十里外的老街上有的卖，稀罕得跟人参果似的。邻居小兰家，有人在街上做事，回乡下，带回两只西瓜。一刀下去，红瓤黑籽，红得鲜艳黑得彻底。父亲哪里有西瓜呢，父亲不在街上做事，家里也穷。我最终也没能吃到西瓜。——我不大记得这回事了，父亲却在回忆时，清晰地描绘出当时我的样子。不能满足孩子要吃西瓜的欲望，是不是一直是他心头的结？不知道。父亲说，你那时整天拖着鼻涕，脏兮兮的。

嘿嘿，我笑。呵呵，父亲也笑。岁月忽已晚。

花坛里的丝瓜，终于结出第一根。起初只乒乓球大小，不过两日没注意，它就哧溜一下，把身子伸得长长的。绿得有些晶莹的皮肤，似乎在跟绿叶较着真，看谁绿得更好看。顶端还留有花开的痕迹，是一小粒米黄，仿若女孩子，眉心一颗美人痣。本是寻常的样子，无端地妩媚起来。

家里那人忽然来了兴致，要摘了它烧丝瓜蛋汤。别的菜他不会做，他只会做这个，是从小耳濡目染着的。童年的夏天，他家的屋前屋后，开满丝瓜花，每天的餐桌上，必少不了丝瓜蛋汤。

我拦下他，我说，不，这瓜留着，当风景看。

不久，这棵丝瓜藤上，又结出几根丝瓜。我们不时跑过去看看，眼睛里汪着叶的绿花的黄，风吹得轻软，我们说了很多很多的话，关于故乡的人，故乡的事。一切的经过，原都是有痕迹的，我们顺着这样的痕迹，慢慢走回灵魂深处的那个家。

豌菜头

喜欢一道素菜——清炒豌菜头。

看过不少美食家写美食，品种繁多，却少有豌菜头的影子。连深谙吃之道的汪曾祺，也不过是在一长列的菜里头，极吝啬地一笔带过，素炒豌豆苗，便完了。好像华丽舞台上，一大群伴舞的女孩子里，那个极不起眼的，荧光镜头一掠而过，尚未看清她的眉毛眼睛，她已被湮没。一曲终了后，谁会想起她？

乡下人却爱极它。秋凉的时候，谁家不种一畦豌豆？冬天，地里的土冻得结实，它却喜眉喜眼地生长着，圆润的叶，一点一点丰满起来，碧绿或翠绿。也有颜色是紫红的。这个时候，一根一根掐下它来，水绿盈手，嫩得起泡泡儿。回家，放点油盐，爆炒，桌上就有了一道清炒豌菜头。一筷子下去，满筷青翠，清新绕鼻，绕舌，绕心。

它的吃法不多，除了清炒外，就是做衬菜了。一大碗狮子头，上面点缀一蓬豌菜头。端上桌，没人动里面的狮子头，都抢着吃那一蓬碧绿。不事雕饰的豌菜头，反而抢了主角风光。

豌菜头还可以做腌菜。做法也不复杂，洗净了，一层一层码上盐，用坛子装了，密密封。过些时日，揭开坛口，原先一坛的碧绿，已变成一坛的金黄黄。挑一根吃，脆嫩脆嫩，微酸中，带了甜味。乡人们会说，腌得多好，黄爽爽的啊。这个"黄爽爽"用得形象极了，是黄得爽快，金灿灿欲滴，怕是任何诗人也想不出这个词来。难怪民间歌谣《诗经》会那么脍炙人口，原来，越接近生命本质的东西，越容易久长，纵使隔着几千年的烟雨，也不会褪色。

我每年春节回老家拜年，母亲必备多多的豌菜头。竹篮子里堆得满满的，是母亲佝偻着身子，伏在地里，不顾严寒，一根一根，用手掐下来的。母亲清炒，或者做了衬菜给我吃，我总是吃得盘底朝天。在我，爱吃豌菜头是一方面，另一方面，我想让母亲欢喜。天下母亲都同一理，儿女的欢喜，就是她们的欢喜。那么，我表现出的欢喜，对母亲来说，就是安慰，甚至是幸福。

菜市场里，卖豌菜头的，都是些乡下老妇人。她们有着一张沧桑而慈祥的脸，她们的笑容谦和质朴，让你很自然地联想到乡下的老母亲，跟她们有亲近的欲望。她们卖菜不顶真，秤杆翘得高高的，临了，还要再添上一把菜给你，说，不是刀割的，是用手掐的，一根一根掐的，嫩着呢。

吃腻了鸡鸭鱼肉，炒一盘这样的豌菜头上桌，食欲会大增，人会莫名地快乐起来。从来故乡的味道，都是最能抚慰人的心灵的。

当豌菜头老了，不能再作菜蔬吃时，就等着它开花、结果。它开的花，相当漂亮，像翩跹的蝴蝶，乳白，紫红，一朵朵，守望在藤蔓上。花谢，豌豆荚慢慢成形。这时候，可以炒嫩豌豆荚吃了。也可以用嫩豌豆荚烧肉，清香无比。

听蛙

这两天，颇能听到几声蛙鸣，在夜晚。

一开始，我以为听错。蛙声在乡下不足为奇，乡下的夏夜，没有蛙叫，那还叫夏夜吗！那简直就像沙漠里没有沙子，北冰洋里没有冰山。

乡下的夏，是因蛙们而丰富丰满的。天边夕照的绯红，才刚刚收去尾梢。虾青色的夜幕，才刚刚拉开一丝缝，蛙们已等不及了。它们彩排了一天了，这个时候，争先恐后地登台，鼓足了劲，亮开嗓门，一曲又一曲的大合唱，便响彻四野。

乡人们习以为常了，任蛙们的歌声再嘹亮，他们愣是一点小小的惊诧也没有。他们在蛙声中晚饭，洗漱，纳凉，睡眠。稻田里的水稻，催开了一团又一团细粉的花，于夜风中播着清香。还有棉花。还有玉米。还有黄豆，南瓜，丝瓜，和向日葵。还有厨房门口那一大蓬紫茉莉。哪一样没有被蛙们的歌声灌醉？开花的拼命开花，结果的拼命结果。露珠在蛙声中轻悄悄滑落。夜鸟偶尔一声轻啼，是做了一个溢满歌声的梦吧？天上密布着的星星，似乎变得更亮了。

夏夜的村庄，是交给蛙们的。

可这是在城里，城里哪来的蛙呢？我侧耳谛听，没错，是蛙叫。和乡下肆无忌惮的叫法不同，来到城里，蛙们到底有些拘谨了，完全是试探式的，呱，呱，一两声。停停，换换气，再来一两声，呱，呱。

刚下过一场雨，空气湿润凉爽。我去散步，拐过路边一个小公园。公园边上，长着说不清有多少棵的木芙蓉，密匝匝地绿着，开着薄绸子一样红艳艳的花。几只蛙就伏在花下面唱歌。

我走过一座桥，也听到了蛙鸣。桥建在供市民休闲的广场上，广场上有人工小河东西横贯，河边植有柳和木槿。河里面浮着睡莲七八朵，水草蔓生。一场雨，使得河水看上去很有些辽阔的样子。蛙们就蹲在睡莲之上，往来在水草之间，载歌载舞。

路边的植被中，蛙在唱歌。那是些冬青树和红叶李，还有些绿莹莹的三叶草。蛙在其中快乐地跳跃。

甚至，在人家的花坛里，也有蛙来造访，在那里引吭高歌。——城里，竟也是蛙声遍地了。这令我惊喜且惊奇，这些蛙是从哪里而来？

我想到了雨。

对，是刚刚下过的这场雨引诱来的。大雨喂饱了树。树说，留些雨水给花朵吧。花朵吃饱了，说，留些雨水给小草吧。小草吃饱了，说，留些雨水浇灌泥土吧。低洼处的雨水，汇聚到一起，亲密无间。一阵风过，竟也像小河一样地泛起波浪。

雨一定是蛙的情人。蛙奔着雨来了，跋涉再远的路，也奔来了。树脚下，花朵间，小草的叶片儿上，低洼处的水里，哪里都有雨的影子，蛙一一找到，与它们会合。它激动地唱啊唱，说不完的情话一箩筐。

我很吝惜这几声蛙叫，久久站着，听。路过的人，亦有被蛙声牵住脚步的，他们停下，侧耳，脸上有惊喜浮现。——听，是青蛙在叫呢，一人说。明明是句多余的话，却博得大家一致的点头，微笑。生命是如此活泼喜悦，叫人如何不爱？

牛皮纸包着的月饼

朋友去北京,给我带回两盒包装精美的月饼。红漆木盒装着,华丽、雍容。

揭开盒盖,不多的几只月饼,躺在质地柔软的丝绒上,似皇家女儿,金枝玉叶着。

洗净了手,和家人带着虔诚的心,切了一只月饼来尝。为此,我还特地拿出宝贝样收藏着的印花水晶盘,把月饼摆成菊花的模样。一家人欢欢喜喜拿了吃,鱼翅做的馅儿,味道怪异,家人都只吃了一口,就放下了。我坚持吃两块,但终究,也受不了那份怪异。余下的,狠狠心,丢进垃圾桶。丢的时候,我祖母似的念叨,作孽啊作孽啊。

便格外怀念起小时的月饼来。是些小作坊做的,用桂花或松仁做馅儿,外面的面粉,层层起酥,洇着金黄的油。看着就让人垂涎欲滴。

在中秋前一个星期,村部的唯一一家小商店,就把月饼买回来了。散装的,搁在一个大缸里。我们放学时从商店门口过,可以闻得见空气里的月饼味，香甜香甜的，很浓。探头去看，总看到面皮白白的店主，在用牛皮纸包装月饼，五只一包，十只一包。他动作舒缓，在那时的我们眼里，那动作无疑是美极了的，充满甜蜜的味道。我们的心，开始生了翅膀，朝着一个日子飞翔。

终于等到中秋这一天了。起早祖父就答应了的，晚上，每个人可以分到一只月饼。那一天，我们再没了心思做其他的事，只盼着月亮快快升起来。等月亮真的升起来了，我们不赏月，眼睛都聚到门口的小路上。祖父出现了，手里提着用牛皮纸包着的月饼，隔了老远，我们都能闻到月饼的味道。兄妹几个，跑过去迎接，在他身边跳。祖父说，小店里挤满了人，好不容易才买到月饼。语气里有得意，仿佛他做了一件很了不得的事。

煤油灯下，祖父小心地揭开一层一层的牛皮纸，我们得到了向往中的月饼，用小手托着，日子幸福得能滴出蜜来。母亲在一边教育我们，好东西要留着慢慢吃。于是我们把月饼分成一点一点的碎屑，舔着吃。总能把一只月饼吃到第二天，甚至第三天。

大人们也一人一只月饼，但他们多半舍不得吃，藏着，只等我们嘴馋了时，分了去吃。但生活的琐碎和忙碌，会让他们忘掉藏月饼这件事。我祖母有一次藏了一只月饼，等她记起时，月饼上面已长了很长的毛了，不得不扔掉，一家人为此痛心了好多天。

祖母也曾把月饼分送给邻家两个孩子，那两个孩子跟着寡母过活，自是没钱买月饼。中秋时，别人家欢歌笑语，他们家却冷冷清清的。祖母说，可怜啊。遂踮着小脚，给他们送了月饼去。

回家来安慰我们，让别人吃掉，比自己吃掉好。那时年幼，不明白这句话，现在想想，祖母说的是帮人的快乐啊。如今那两个孩子早已长大，都出息了，一个在南京，一个在杭州。我祖母在世的时候，他们每年回来，都会去看看她。他们说，忘不了小时候用牛皮纸包着的月饼。

姚二烧饼

早上起来，突然想吃烧饼了，姚二烧饼。

姚二烧饼出名，小城里，好多人都知道。那是伴着一代人成长的。有孩子长大了，去外地工作，回忆家乡的味道，少不了要说说姚二烧饼。"想吃啊。"他们说。半夜里爬上微博发图，画饼充"馋"。

是条很古旧的居民巷子。小城里，原来有好多这样的老巷道，都铲除掉重建了，唯独这条巷道，还保留着。两边的房，高不过两层，大多数是平房。一家挨一家，密密匝匝。这家炒菜那家香，那家说话这家应，真个是和睦又亲厚。我从那里走过，常恍惚着，以为掉进了旧时光。

姚二烧饼店就在这条老巷子里。很小的门面，墙体灰不溜秋的。屋上的瓦，也是灰不溜秋的。门口搭一遮雨棚，烧饼炉子就摆在那雨棚下。等烧饼的间隙，人站在店门口往里看，里面幽深幽深的，跟口老井似的。有一对眼珠子，突然蓝莹莹地看过来，是只大白猫。都十多岁了，老了。它蜷缩在一张凳子上，如老僧打坐般的，看门口的人，眼神儿透亮透亮的。一张案板，从门口一直延伸到里面。姚二夫妇和面做饼，都在这上面。上面有时还搁着大把大把的葱，肥肥的，绿绿的。

人贪恋那口旧旧的味道。纯手工的，手工擀皮子，手工剁馅儿，手工贴炉，任炉火慢慢烤着，烤得两面焦黄。烧饼刚出炉时，一股子麦子和芝麻的浓香，不由分说钻进你的五脏肺腑，热烈得有点火辣辣的。为了那口香，他们的烧饼店门口，便常站着不少在等烧饼出炉的人，等多久都愿意。

等的人有时跟姚二夫妇搭话："姚二，你家生意真好啊。"姚二的女人听了这话，冲说话的人笑一笑，手里的活，没有慢下一点点。姚二则抬一抬眼皮，回道："还凑合吧，承蒙大家关照。"手里的活，也不见慢下一点点。

夫妇二人，都四五十岁了。长相颇相似，胖胖的，敦厚着的。是日子过得很四平八稳的模样。姚二是从十六岁起，就在这儿摆上了烧饼炉子，之后，一直没挪过地。他结婚后，女人加入进来。夫妇二人起早带晚，做的烧饼，还是不够卖。

有人建议他们，找两个帮手，把店铺再扩一扩。姚二慢言慢语回，不用了，就这样蛮好。

的确，就这样蛮好。好多人都习惯了"就这样"。走过路过，看到他们夫妇，一个在案板上擀皮子，一个在包馅儿，也听不见他们言语什么，大白猫独自蜷在一旁打瞌睡。始觉尘世的寻常里，有香，有静，有稳妥，有相守。没有人介意那店铺的窄小，介意那墙壁和屋上瓦的灰不溜秋，几天不吃姚二烧饼，就很有些想了。

如我这般，一大清早起来，穿过大半个小城，奔了去买。然不过两个星期未见，那黑不溜秋的木门上，已贴上通告一张：姚二烧饼，从今天开始谢幕。谢谢大家多年来的关照。姚二。下面签着年月日。

旁有邻人，看着发呆的我说："每天都有不少人来跑空弯子。唉，关了，不做了，大前天就关了。"我怅惘伫立良久，方才慢慢走回。半路上不住回头，为什么就关了呢，为什么呢？

过几天，不死心，我复跑去看。那里的门面，已全被推翻掉，在重新翻盖和装修。据说要开一家化妆品店了。

猫叹气

猫叹气是一种物件，具体地讲，是一种竹篮子，大肚子、长颈、带盖儿。过去贫穷年代，人们好不容易省下点咸肉、咸鱼啥的，就装在这样的篮子里。猫儿闻见腥，围着篮子转圈儿，却因篮子颈长，又盖了盖儿，猫儿急得抓耳挠腮，也吃不着里面的东西，只得对着篮子叹气。

知道这物件，缘于我的一个读者。读者在盱眙，离我的小城有五六百里。某天，她去菜场买菜，看到一个老人，坐在一堆竹篮子中间编篮子，猫叹气赫然立在一边，质朴，充满古趣。因我在文字里常写些旧人旧事，她一下子想到我。她想，我一定喜欢这样的猫叹气。

何止是喜欢？我简直激动了。她描绘的场景首先打动了我，想想吧，菜场边人来人往，一个老人，气定神闲地坐在一堆篮子中间，他手里的竹篾子上下翻舞，这动作，如今还有几人会？快成绝版了。

我也心心念念于那种篮子，居然叫猫叹气，生生勾了人的魂。

可爱的读者善解人意地说："你若喜欢，我买了寄你，不贵，才18块。"等不及的，我立即上街，在小城的大街小巷寻开了。

转一大圈，在一条不怎么热闹的街边，杂七杂八的地摊中间，我终于看到也有卖竹篮子的。守着的，也是老人。谁买呢？现在纸袋布袋多的是，谁还会提着笨拙的竹篮子晃来晃去？老人的生意清淡，他看着大街，脸上也无风雨也无晴，是随遇而安吧。

我蹲到那些篮子跟前问："有猫叹气卖吗？"老人的眼睛，被我这一句问话点亮，他甚是惊奇地看着我："你知道猫叹气？"

"嗯，我想买一个。"我说。

老人左右打量我，居然没再问什么，爽快地答应："你要的话，我给你做，你明天来取。"

隔天，我如愿以偿得到猫叹气。

篮子是簇新的，散发出成熟竹子的味道，上面还留有老人的余温，做工相当精致。我拎着它回家，心里面潮湿起来，我想起遥远的一些称呼：草匠，鞋匠，锁匠，铜匠，铁匠，篾匠……那些散落民间的，曾与人们的日子息息相关的，如今，已难寻踪迹。

猫亦早已不用叹气了，它们养尊处优着。那些称呼，和载着那些称呼的人，都已老去。

我在这个长颈的竹篮里，放了些干花之类的小零碎，用以怀念和挽留。

荠菜卿卿

开过花的泥盆里，不知何时，竟冒出一棵荠菜来。等我发现时，荠菜已很荠菜的样子了，碧绿粉嫩，活活泼泼，直把我的花盆当故乡。我没舍得拔去，一任它自由生长，等着它开花。辛弃疾写，春在溪头荠菜花。在我，是春在泥盆荠菜花了。

因这棵荠菜，家里的对话又多了许多。常常是在茶余饭后，我和那人踱步过去，站定在花盆前，四只眼睛齐齐地，笑微微地看着这棵荠菜。荠菜肥嘟嘟的，像鼓着小嘴儿在吹气泡的小人。我唤它，荠菜卿卿。我们商量着，是不是摘下它来炒了吃。——当然，这是说笑了，我哪里舍得？这棵荠菜里，住着我的故乡。看到它，心里总不由自主往上泛着亲切感，是恨不得拥抱的，惊喜交加地叫一声，是你啊！——是久别重逢。

对荠菜，是熟稔到骨子里的。乡下长大的孩子，有几个没跟荠菜亲过？过去，乡下人家改善伙食，用荠菜烧豆腐，就是一道美味佳肴了，会让孩子们幸福好几天。若是把荠菜剁碎了做馅儿，包成春卷，包成饺子，那更是不得了了，孩子们会因之雀跃，在村子里到处显摆，我家今天吃荠菜饺子了。

我还吃过荠菜烧的玉米粥。祖母爱这样烧，把荠菜剁得碎碎的，加上玉米粉，加上淀粉，再打点蛋清进去，烧出一锅的绿糊糊，香得缠牙。长大后看东坡逸事，看到东坡喜食用荠菜做成的羹，人称东坡羹，我笑了。我的祖母不知世上从前还有个苏东坡，她烧的荠菜玉米粥，应称作祖母羹了。

荠菜好吃，好吃在野。完完全全的天赐之物，吸尽天地之精华。初春，别的植物们才大梦初醒，正揉着眼睛恍惚呢，荠菜们早已生气勃勃，精力旺盛地绿着。在沟边，在田野里，在坡上，到处都可觅到它们青绿的身影。

觅？对。荠菜的性情有点像孩子的性情，天真可爱，自由自在，无拘无束。调皮的孩子是一刻也坐不住的，你不过才眨了一下眼，孩子便跑不见了，满天地撒着欢呢。乡下人对这，宽容得近乎宠溺。春风招摇，女人们提了篮子，四下里去挑荠菜，弯腰屈膝寻大半天，也才挑了小半篮子。她们不恼，笑嘻嘻的，心里欢喜得很。四野辽阔，天长云白，这寻觅的乐趣，让微波不荡的人生，也变得活泼起来。

朋友家在郊外，有良田二三亩。这个春天，他邀我们去他家吃荠菜饺子。当一只只胖胖的荠菜饺子盛上桌，朋友无比自豪地介绍，放心吃吧，这是纯天然的，是我和我老婆两个人，伏在地里，一棵一棵挑出来的。

朋友这么说着时，他老实憨厚的妻，一直立在一边笑吟吟。

我们心里，生出无限感慨来。当年，朋友爱上了别的女人，婚姻曾一度搁浅，几经曲折，到底回归了。看看，俗世的爱，就是这样的，亲爱的，我们一起挑荠菜去吧。

正月半

年一过到正月半，我注定是要惆怅的。

怎么能不惆怅呢？那些撒开脚丫子，走东家串西家的欢腾；那些人人遇见，都一团和气说着吉利话的温馨模样；那些喷着香的馒头年糕还有糖果糕点；那些门上的对联、窗上的窗花，都渐渐褪去鲜亮、成了过往了。我的好衣裳，也要脱下来，被母亲压到箱底去。日子又复归到清汤寡水里，叫人想想，就急得想哭。

那时，我还不知道正月半有个更文雅的叫法，元宵节。那是上学识了字后，在书本上才读到的。它的历史长达两千多年，自秦朝，人们就开始有了吃元宵赏花灯的习俗，——我亦是不知的。

我尚小，能看到的世界，也只是眼前的那个村庄。村人们只叫它，正月半。

有童谣念：正月半，炸麻团，爹爹炸了奶奶看。

这童谣唱得有道理吗？没有的。我没见过麻团，我的小伙伴们也没见过。我们也只在歌谣里咂摸着，它应该是火烤油炸的，很香很香的。

我们没有麻团吃，没有元宵吃，但我们有火把可燃。爷爷如果那天心情特别好，他会坐在门前的桃树底下，给我们兄妹几个扎火把。所用材料，是稻草和竹枝。竹枝好啊，经烧，一边燃着，一边能发出噼里啪啦的响声，像放小鞭炮。奶奶是不舍得我们用这个去烧的，那是上等的柴火啊。爷爷却经不住我们苦求，往往会偷偷在稻草里包上些竹枝。爷爷扎出的火把，又大又结实，我们举着它，真是神气得不得了。

也就等着天黑。天一黑，各家的孩子，都举着火把出动了。田埂边，像飞舞着一群一群的流星。我们唱着"正月半，炸麻团，爹爹炸了奶奶看"，绕着田埂奔跑，这边呼，那边应，一个村庄的黑暗，都被火把和孩子的歌声，燃亮了。

也有在沟边河边，放野火的习俗。那是不用等到天黑的，河边的茅草，就被点燃了，火苗儿欢快地跳跃着，呼啦啦烧去一大片。像燃烧着一个大大的夕阳。我们站在边上，兴奋莫名地观看，并不知为什么要放野火。驱虫和祈求庄稼丰收，那是大人们的事。在我们看来，过年了，就要新鞋新袜地穿着，就要贴红对联和年画。过正月半了，就要放野火。这都是该派的。我们才不会去深究缘由的，只是快乐，单纯地快乐。

有一年正月半，我姐领着我和弟弟去放野火。屋后就是河，河边杂草丛生，是放野火的最佳地。我姐点燃了一堆杂草，火苗一下子蹿得老高，呼哧呼哧，像条巨龙翻滚腾跃。我们站在边上，高兴得又唱又跳。母亲不知打哪里，突然一阵风似的跑了来，揪住我姐，二话不说，就是一顿痛打。

所有的欢乐，戛然而止。那个正月半的晚上，我们没有举火把去奔跑，囫囵地吃了点什么，就上床睡觉了。半夜里，我听到我姐的哭声，很轻很轻，像秋虫在鸣。我的一颗心，惆怅不已。年，真的过去了。一切的甜和好，也似乎都跟着走远了。

也是到一些年后，说起往事，我姐搂着母亲，开玩笑地问，那年的正月半，你为什么要打我？母亲赧然半天，轻轻叹口气，喃喃道，都是因为穷，穷人气多啊。

Chapter 05

浅淡岁月，总有欢喜相守

　　你就不知道萝卜头在水里面长出来，有多美。那小叶子有点像小女孩的眉睫。随便什么时候去看它们，它们都眨巴着绿绿的眉睫，冲着我笑。我忍不住要去爱。怎么能不爱！

　　日子里，只要你肯种下欢喜，长出来的，一定是欢喜。浅淡岁月，总有欢喜相守，很好，很好的。

春在枝头已十分

乍暖还寒，然春天，还是大踏步地而来。

河边的柳们，站在细细的风里，已然新妆已毕，都风情万种地袅娜着，——春在枝头已十分。

看春去呵——，哪里的声音在唤。人在屋内坐着，是铁定坐不踏实的了。蠢蠢着，蠢蠢着。窗外的黄鹂，或是野鹦鹉的一声鸣啼，真正是要了人命。莫辜负了这大好春光哪，看春去呵，看春去呵。

那人说，知道吗，沿河的梅花都开好了。

那人说，知道吗，桃树的花苞苞都鼓鼓的了。

那人说，知道吗，草地的小草也都返青了，绿茸茸的。

那人说，再过几天，我们去看樱花吧。

他每日上下班，都要经过三座桥，四条街道，和两个街边小公园。沿途植满花草树木，他的眼睛，在四时季节里，从不缺少缤纷热闹。

我在他的叙述里，欢天喜地，热血沸腾。

其实，哪里用得着他叙述！我知道的，我都知道这些的。花草树木有序，到哪山唱哪山的歌，它们都明白清楚着，从不怠慢任何一步。日月天地里，它们一步一个印迹，笃实稳妥，一丝不苟，有条不紊，信念坚定，又自在淡然。人在花草树木跟前，怎样的倾倒崇敬也不为过。它们永远值得我们人类学习。

我在日历上开始涂抹，一页涂上赤橙黄绿，一页涂上红蓝青紫。去看花吧。去看草吧。去看叶吧。去看流水吧。去看青山吧。往那颜色深深处去，往那最是斑斓处去。

也去看风筝，牵着梦想和欢笑，在天上飘荡。半空中，那些纷飞的欢腾，我可不可以把它叫作幸福？它有关活着，有关成长，有关陪伴，有关呵护，有关单纯，有关期冀，有关恩爱。俗世的所求，原不过是这些。

想起新年里的一件事。大年初一，那人去所里值班，接到的第一个报警，竟是与死亡相关的。女人，吞药自杀。也才四十岁，样貌、家庭都不错，有儿念初中。然她一味苛求自己，事事都跟他人比，觉得不称心，不如意，活在自设的囚笼里。这次，儿子的期末考试考得不好，竟让她万念俱灰。遗书里她说，她活得太累了，她觉得自己这个做妈的，很失败。

我替她的孩子累得慌，这一生这一世，那孩子该背着多重的包袱成长，前行？她为什么不等一等？只要她稍稍等一等，一个春天也就来了。再厚的冰雪，也会融化。再卑微迟缓的小草，也会发芽。

我的阳台上，一盆枯萎掉的海棠里面，爆出了新芽。不过两三粒，紫红的，尚幼小。我不确定，那是不是海棠新爆出的芽。但我仍是很高兴。我很有把握地等着，一些日子后，它们定会捧出一盆的鲜活奔放来。

　　纵使枯了萎了，只要一颗心还在，一切都没有什么大不了的。真的，熬过了冬，熬过了冰雪孤寒山冷水瘦，也就有了欣欣向荣。只要你肯等，只要你愿意坚守和相信，便总有一份好意来回报你。

醉太阳

天阴了好些日子，下了好几场雨，甚至还罕见地，飘了一点雪。春天，姗姗来迟。楼旁的花坛边，几棵野生的婆婆纳，却顺着雨势，率先开了花。粉蓝粉蓝的，泛出隐隐的白，像彩笔轻点的一小朵。谁会留意它呢？少有人的。况且，婆婆纳算花吗？十有八九的人，都要愣一愣。婆婆纳可不管这些，兀自开得欢天喜地。生命是它的，它做主。

雨止。阳光哗啦啦来了。我总觉得，这个时候的阳光，浑身像装上了铃铛，一路走，一路摇着，活泼的，又是俏皮的。于是，沉睡的草醒了；沉睡的河流醒了；沉睡的树木醒了……昨天看着还光秃秃的柳枝上，今日相见，那上面已爬满嫩绿的芽。水泡泡似的，仿佛吹弹即破。

春天，在阳光里拔节而长。

天气暖起来。有趣的是路上的行人，走着走着，那外套扣子就不知不觉松开了——好暖和啊。爱美的女孩子，早已迫不及待换上了裙装。老人们见着了，是要杞人忧天一番的，他们会唠叨：

"春要捂，春要捂。"这是老经验，春天最让人麻痹大意，以为暖和着呢，却在不知不觉中受了寒。

一个老妇人，站在一堵院墙外，仰着头，不动，全身呈倾听姿势。院墙内，一排的玉兰树，上面的花苞苞，撑得快破了，像雏鸡就要拱出蛋壳。分别了一冬的鸟儿们，重逢了，从四面八方。它们在那排玉兰树上，快乐地跳来跳去，翅膀上驮着阳光，叽叽喳喳，叽叽喳喳。积蓄了一冬的话，有的说呢。

老妇人见有人在打量她，不好意思地笑了，先自说开了："听鸟叫呢，叫得真好听。"说完，也不管我答不答话，继续走她的路。我也继续走我的路。却因这春天的偶遇，独自微笑了很久。

一个年轻的母亲，带了小女儿，沿着河边的草坪，一路走一路在寻找。阳光在她们的衣上、发上跳着舞。我好奇了，问："找什么呢？"

"我们在找小虫子呢。"小女孩抢先答。她的母亲在一边，微笑着认可了她的话。"小虫子？"我有些惊讶了。"我们老师布置的作业，让我们寻找春天的小虫子！"小女孩见我一脸迷惑，她有些得意了，响亮地告诉我。

哦，这真有意思。我心动了，忍不住也在草丛里寻开了。小蜜蜂出来了没？小瓢虫出来了没？甲壳虫出来了没？小蚂蚁算不算呢？

想那个老师真有颗美好的心，我替这个孩子感到幸运和幸福。

在河边摆地摊的男人，不知从哪儿弄来一些银饰，摆了一地。阳光照在那些银饰上，流影飞溅。他蹲坐着，头稍稍向前倾着，不时地啄上一啄——他在打盹。听到动静，他睁开眼，坐直了身子。我拿起一只银镯问他："这个，可是真的？"他答："当然是真的。"言之凿凿。

我笑笑，放下。走不远，回头，见他泡在一方暖阳里，头渐渐弯下去，弯下去，不时地啄上一啄，像喝醉了酒似的。他继续在打他的盹。春天的太阳，惹人醉。

踏绿

　　深圳的好友亚红，给我来信，在信中她说："春天了，深圳的树已经长出新叶子，嫩嫩的。老叶子掉了一地，哗哗地在响。深圳每年的新老交替都在春天进行。"

　　这是深圳的春天，仪式隆重，是"桝桝桝"一阵锣鼓后，老的退下，新的登场，又来一场繁华人生。北方的春天不是这样，它是悄然降临的，仿佛一场毛毛雨，不经意地，湿了你的衣，你的心。也不过偶然的一个照面，那光秃的树枝上，那干枯的藤蔓上，那寂寞的土地上，突然生出一层绿来。那绿，像刚出窝的小鸡身上的绒毛，柔软，细嫩，带了乳香。

　　春天就这样绿起来。它让人的心，变得不安定，坐不住，有些蠢蠢欲动。春光关不住呵。其实，应该是绿意关不住才是。他看一眼窗外，阳光下的绿们，正欣欣然。他说，不如踏青去。我说，不是踏青，是踏绿。感觉上，青远远没有绿来得肆意，来得洒脱。

　　太阳好，轻装出门，一冬的沉重一掀而去，心情变得轻灵而愉悦。我说唱歌吧，于是我们一齐唱："早晨空气真正好，推开窗门迎接晨曦到，花香鸟语春光好……"这是一首童年的歌，居然还一字不差地记得！我们好是得意，快乐像蓬勃的嫩绿，绿满心间。他说，日子多好，我们要珍惜。我点头。

我们脚底沾着绿，鼻翼处缠绕着绿。眼睛呢？所触之处，竟都是让人欢喜的复苏：草醒了，树醒了，农田醒了，小河醒了……特别要提一提小河，此刻的河水，泛着一种暖的色彩，映着两岸的点点新绿，让人恨不得伸手捞一把才称心。根本不像冬天的河水，远远看到，就要瑟缩了手，从心里溢出寒来。

河面上，还漂着冬天落下的叶。那些叶，不再是萎缩着的愁苦样，而是舒展开来，像杯中泡开的茶叶，一副重生的欢天喜地。原来，生命的枯死只是一种形式，它内里隐藏着的生命，一直都在的。

我想起多年前，我还是孩子时，跟太婆的一段对话。那时太婆躺在一张小床上，房间幽黑。太婆已水米不进多日，瘦得不成样了。只看到她的眼睛有一丝亮光在闪，也是灰暗的。大人们都说，太婆要死了。这让我害怕，因为听多了鬼故事，我怕太婆死后会变成鬼来吓唬我。所以就去求太婆，太婆，你死后不要变成鬼好不好？太婆的嘴唇哆嗦了半天，答应我，好的，乖乖，我不会变成鬼。我不放心，问，那你变成什么呢，太婆？太婆说，我变成草。我想一想,草是不可怕的,遂安心了。没多久,太婆死了。我不感到悲伤，我可以一个人待在她原来睡过的房间里玩，一点也不害怕。只是每当我看到青青的草时，我会想一想太婆，不知道哪棵草是她变的。

我情愿相信，人死后，会变成草，变成花，变成一切可亲的植物。那么，生命还在继续，怀念会变得幸福。

惊蛰

3月5—7日　桃始华，鸧鹒鸣，鹰化为鸠。

花信三候：一候桃花，二候杏花，三候蔷薇。

惊蛰是有着大动静的。

惊蛰当然有着大动静。

万物还都懒洋洋地在做着梦呢，完全的没有提防，平地突然一声雷动，震耳欲聋，真正是吓了一大跳的！

沉睡的土地，被惊醒了。

沉睡的山川，被惊醒了。

沉睡的草木，被惊醒了。

虫子们最不禁吓，一声巨响，把它们惊得从梦中一跃而起。农谚有："惊蛰节到闻雷声，震醒蛰伏越冬虫。"说的就是这么回事。那场景稍想一想，就让人忍俊不禁。是你踩着了我的脚，我撞着了你的头，挤挤挨挨，仓皇奔走。惊呼声四起，哦哦，是哪里的巨响？发生什么事了？

总有一两只胆大的虫子，率先破穴而出。探头一看，土地松软，小草吐芽，花朵含苞，空气湿润且甜蜜着。

哎呀呀，原来是春天回来了呀。

于是乎，万虫欢呼雀跃，奔走相告，春天来了！春天来了！

一个世界，跟着鼎沸喧腾起来，冬天的沉重，一掀而去。"惊蛰过，暖和和，蛤蟆老角唱山歌"——瞧瞧，日子多好，开始要唱着过了。

农夫们休息了一冬的锄头，也痒痒得很了。春播秋收，这是每个农夫都懂的道理，也是每把锄头都懂的道理。"过了惊蛰节，锄头不能歇"，啊，它们早就候着呢。

诗人写惊蛰，更像拍摄的纪录片，有声有色：

促春遘时雨，始雷发东隅。众蛰各潜骇，草木纵横舒。

生命的春天，就这么欣欣向荣起来。

惊蛰这天，民间照例要举行一些仪式，比如，"打小人"。说的是惊蛰这天，虫子出来了，小人也出来了。各家都要跑去庙里寺里去，鞭打泥塑的小人，以保一家老小平安。

还有一风俗，委实有趣得很，名曰"炒虫"。惊蛰雷动，百虫"惊而出走"。人们面对虫子兴盛之场景，不无忧虑地想着，任其发展下去可不得了哇，这家园还不成虫子的家园了？他们想出法子来对付。这法子就是，把"虫子"给炒熟了，吃下肚子去。多干脆利落！

其实，哪里是拿真虫子来炒呢，不过是用豆子或玉米粒代替了，吓唬吓唬虫子们。"虫子"炒熟后，盛在浅口的筐筐中，全家人团团围坐在一起，你抓一把，我抓一把，边吃边欢叫："吃炒虫子喽！吃炒虫子喽！"有时，乡邻之间，还展开比赛，看谁吃得多，吃得快，嚼得最响。大家都要来祝贺获胜的那个人，祝他为消灭害虫立了功。

人到底是善良的，也不是动真格的，真的就要灭绝了虫子们。他们所使的招数，纯粹是找个乐子，为春耕助把兴的。

草世界，花菩提

初识它，是在一册诗书里。原是坊间小曲，被人吟唱。后被文人推崇，成词牌名，按韵填词，名扬天下。从远唐，一路逶迤而来，一唱三叹，缠绵旖旎。我仿佛瞥见，大幅的屏风，上面栖息着大朵的花，牡丹，或是芍药。屏风后，美人如水，怀抱琵琶，浅吟低唱着——虞美人。她葱白的手指，轻拢慢捻，一曲更一曲。月升了，夕阳斜了，美人的发，渐渐白了。

女人的年华，原是经不起寂寞弹唱的，弹着弹着，也便老了。

后来，我识得一种花，叶普通，茎普通，花却浓烈得让人惊异。血红，红得似天边燃烧的霞。单瓣，薄薄的，如绫如绸。它们在一条公路边盛开，万众一心。公路边还长了低矮的冬青树，里面夹杂着几株狗尾巴草。让人一喜，分明就是曾经的熟识啊！我停在那儿，等车。车迟迟不来。

那是异乡。我因了几株狗尾巴草，不觉异乡的陌生与疏离。又因了一朵一朵殷红的花，不觉等待的焦急与漫长。我的眼光，久久停在那些殷红上，它们腰身纤细，脸庞秀丽，薄薄的花瓣，仿佛无法承载内心的情感，无风亦战栗。很像古时女子，羞涩见人，莲步轻移。

寻问一当地路人："请问，这是什么花？"路人瞥一眼，说："虞美人啊。"许是见多了这样的花，他不觉惊异，回答完我的话，继续走他的路。他完全不知，他的一句"虞美人啊"，在我心中，激起怎样的狂澜。看着眼前的花，想着它的名，远古的曲子，不由分说地，在我耳畔轻轻弹响：是李后主的"春花秋月何时了，往事知多少"；是周邦彦的"柳花吹雪燕飞忙。生怕扁舟归去、断人肠"；是纳兰性德的"残灯风灭炉烟冷，相伴唯孤影"；是苏东坡的"夜阑风静欲归时，唯有一江明月碧琉璃"。

人生最难消受的，是别离。是虞姬且歌且舞，泣别项羽。这个楚霸王最爱的女人，当年风光时，她与他，应是人成对，影成双。垓下一战，楚霸王大势尽去，弱女子失去保护她的翼。男人的成败，在很多时候，左右着女人的命运。她拔剑一刎，都说为痴情。其实，有什么退路呢？她只能，也只能，以命相送。传说，她身下的血，开成花，花艳如血。人们唤它，虞美人。

真实的情形却是另一番的，此花原不过田间杂草，野蒿子一样的，贱生贱长，不为人注目。然它，不甘沉沦，明明是草的命，却做着花的梦。不舍不弃，默默积蓄，终于于某天，疼痛绽放。红的，白的，粉的，铺成一片，瓣瓣艳丽，如云锦落凡尘。人们的惊异可想而知，它不再被当作杂草，而是被当作花，请进了花圃里。有人叫它丽春花。有人叫它锦被花。还有人亲切地称它，蝴蝶满园春。——春天，竟离不开它了。

　　生命的高贵与卑微，本是相对的。纵使不幸卑微成一株杂草，通过自己的努力，也可以让命运改道，活出另一番景象。

谷雨

谷雨是雅着的。

是手摇折扇、拈花一笑的翩翩公子，腹有诗书，眉目朗朗。雨来，轻敲他的窗。他呼三五好友，于某座亭中闲坐，听雨品茗，吟出"壶中春色自不老，小白浅红蒙短墙"之类的诗句，当是十分的应景。

值此时，雨水渐渐旺盛起来，有时昼夜不息。滴答，滴答，如弹六弦琴。

"雨生百谷"——万物也都按照它们应有的样子在生长。花开到深处了。叶绿到深处了。满世界的珠翠摇红。时光的脚步，变得优雅起来，不紧不慢。

真是极适合品茗的。

何况，又有着唇齿留香的谷雨茶！

这个时候，茶园的茶叶，最是鲜嫩时。芽叶们吸足雨水，色泽浅翠，肥硕柔软，香气袭人。在茶园遍布的南方，也就有了谷雨摘茶的习俗。此茶被称为谷雨茶。因一部《茶疏》而闻名于世的明代学者许次纾，就十分推崇谷雨茶，他在《茶疏》中写道："清明太早，立夏太迟，谷雨前后，其时适中。"

美味与舌头的相遇，也是要看缘分的。不早不晚为最好。

有南方朋友给我寄来谷雨茶，言说是他亲手摘的，亲手炒的。茶有个可爱的名字，雀舌。是一芽两嫩叶的，形如雀之舌。我是个不懂茶的人，平素也不大喝茶，品不出好歹来。至多是泡点枸杞红枣什么的，渴了，咕咚一下入喉。我怕这么好的茶叶，被我糟蹋了，有暴殄天物之嫌，遂转手送给一个爱喝茶的人。那人虽是个小小门卫，但无茶不欢。每每见他，总捧着一壶茶，在慢慢品。笑眉笑眼的，极满足极陶醉的样。

他有各式各样的茶具，都是他淘来的。他给我展示过，摆了一桌子。他说不同的茶，要用不同的壶来泡，才入各自的味。我不懂这个，但，被他感动。我觉得那是一种极好的生活态度，有着饱满的热爱在里头。我送他茶叶，他感激不已。舍不得喝太多，一次只抓一小撮，能品上一整天。遇到我，总要提及。好茶啊，好茶！他说。我很开心，茶遇到懂它的人，是茶的福。想来送我茶叶的朋友也不会怪我的。

谷雨也宜赏花。

赏的自然是谷雨花。

它还另有个响当当的名字，牡丹。都说它是花中之王，富贵雍容，可谁知它也是高处不胜寒呢。传说被武则天贬去洛阳，它甫一盛开，百花黯淡。"唯有牡丹真国色，花开时节动京城"，于是，一拨又一拨的人，不顾车马劳顿，追去洛阳赏它。却都在距离外，谁也走不近它，它只落得个睥睨群芳的清高之名。

人赋予它谷雨花的称呼，则含了亲昵，含了爱怜。给它摘去了那些累赘的凤冠霞帔，还它贴身体己的布衣荆钗，让它接上地气，变得家常。——它原不过是朵女儿花。

我祖父就种过牡丹。他说芍药配牡丹。他在我们的草屋子门前种。两株芍药，两株牡丹。谷雨前后，它们都开出碗口大的花，红艳艳的。村人们得闲了，就到我们家屋前来转转，眼睛溜上两眼花，并无过多惊喜，至多说一句，这花开得好啊。再没别的话。转过身，他们唠起农事来。"谷雨前，好种棉"，唔，要给棉花播种了。

花在他们身后，就那么，很自在地开着。一两只蝴蝶，或是野蜂，在花间轻轻鸣唱。

一天就是一辈子

我买了一堆彩铅，作画。

我在纸上随意描摹，画猫，画狗，画小草，画小花。态度谦恭认真，像刚学涂鸦的小孩。人见之，大不解，问我什么的都有。"你为什么现在要学画画？画了做什么用的？""你是想改行做画家吗？""是哪里约你的画稿吗？""你是想给自己的书画插图吗？"……无一例外的，都奔着一定的功利去。仿佛我种下一棵树，就是为了收获到一树的果，否则，就不符世道常规，就让人匪夷所思了。

可是，有时种树，只为那栽种时劳作的喜悦，有阳光洒下来，有汗水滴下来，泥土芬芳，内心充盈，就很好了呀。它实在无关以后，以后，有没有一树的花，有没有一树的果，有什么要紧呢！

年少时，我是那么热衷地喜欢过画画。梦想里，是想拥有一屋子的彩笔，画一屋子的画，在墙上随便贴。却被大人们认为不务正业，他们苦口婆心地劝告，小孩嘛，将来考上好大学，找份好工作，做人中龙凤，才是最好的奋斗目标。我很听话地藏起自己的梦想，一日一日，朝着大人们所要求的样子，成长起来。偶尔想起，我曾经也有过自己的梦的，却恍若隔世了。

想想我们一生，几乎都活在世道的常规里。做任何事，走任何路，是早就规定好了的，由不得我们自己做主。我们以世俗的目光，来衡量着成败，追逐着那些所谓的梦想，追得好辛苦。到头来，外表或许很光鲜了，繁花似锦，内里，却空空如也，一颗心，常常找不到着落处。在前行的路上，我们早把自己弄丢了。

好在还有时间来弥补。我以为，哪怕生命只剩最后一天，都为时不晚。这一天，你完全属于你自己，你可以捡拾起从前喜欢的笛子，吹上两段，断续不成曲那又有什么关系？你不必在乎他人的眼光，不必在意曲调是否流畅，你只享受着你吹响的那一刻。手握笛子，有音符从心底飞出，你很快乐。能够使自己快乐，才是人生最大的收获。

就像现在我拿起画笔，不定画什么，也不定画成什么模样，赤橙黄绿，落在纸上，都是我缤纷的喜悦。那些我曾经的年少，那些我隐蔽的梦想，在纸上一一抵达。风吹着窗外的花树，云唱着蓝天的歌谣，怎么样，都是好了，我可以把一天，过成我想要的一辈子。

小满

5月20—22日　苦菜秀，靡草死，小暑至。

突然地，想起槐花。这时节，槐花应该正当时。

顺便地，想起其他的花来。

从我所在的教学楼的三层，或是四层，朝北的窗户，往下俯瞰，是小城居民的老房子。一律的平房。房前都长着高高的泡桐树。四月里，泡桐开花，累累一树紫色的花，柔媚得不成样了。我上课的间隙，总自觉不自觉把眼光扫过去，为它欢喜得心疼。它就那么开着，那么开着啊，撑着一树紫色的"铃铛"。风摇，"铃铛"似乎叮当有声，声声都是在唤：春且留住。春且留住。

春到底留不住的，谷雨过了，立夏又至。却不让人过分伤感，因为大自然这本书，哪一页都是生动着的，内容丰富多彩着的。这一页翻过去，又有着崭新的一页开始了。

小满也就来了。

怎么来说小满呢？古籍解释："物至于此小得盈满。"这个时候的乡下，"麦穗初齐稚子娇，桑叶正肥蚕食饱"。青蚕豆也大量上市了，成了寻常百姓家餐桌上的主打菜。蒜薹烧青蚕豆是好吃的。雪菜烧青蚕豆是好吃的。油焖着，也是好吃的。哪怕就清水里煮煮，稍稍搁点盐和酱，也是好吃的。乡下孩子的零食，就有了水煮蚕豆。家里的老祖母是慈祥的，她忙里偷闲，用棉线把粒粒青蚕豆给穿起来，做成蚕豆项链。煮粥时，丢进粥锅里。粥熟，蚕豆项链也熟了。捞出来，放冷水里浸一浸，挂到孩子的脖子上。这孩子就幸福得直冒泡泡了，他（她）显摆地满村子跑，一边跑，一边摘着吃。想吃哪颗，就吃哪颗。满嘴的蚕豆香。

值此时，山河庄严，好风好水，日月安稳。一切的物事，都有着小小的富足丰盈。

这时的小满，多像是婚姻里的小女人，脸庞圆润，性情温和。她的样貌算不得很美，但耐看。她养鸡几只，养鸭几只，还养几只羊。也养猫和狗。她在屋前种花，屋后种菜。她出门，狗跟着。她回家，猫迎着。篮子里有青青的草在颠着，羊看见了高兴得冲她咩咩叫。篮子里也放菜蔬，青青的韭和豆荚，那是一家人的甜和香。她围着锅台转，一日三餐的家常里，注入了她的柔情她的蜜意。男人吃得饱饱的。孩子吃得饱饱的。她在一边笑眉笑眼地看着，很有成就感。

是的是的，她一生没有大的追求，欲望也只有这么多：粮仓里有余粮；屋檐下有鸡鸭在叫唤；孩子健康着；男人平安着；一家人和和美美的。小日子里，就有了满满的小幸福、小富足。外面再多的富贵繁华，她都不稀罕了。

小满即安。她懂。

我也懂。我在小满前后，守着阳台上几盆绣球花，等着它们开花。它们攥着无数的小拳头，正做着香艳的梦。心里的秘密，却经不住小满的召唤，一点一点，偷跑出来。那些粉红的，或是粉白的。

有一两只蝴蝶，也不时来光顾。一只黑底子红斑点的。一只蓝底子黑斑点的。花就要开了，就要开了。

对我来说，日子里有花可看，有蝴蝶可等，都堪称，小美好了。

深情

　　写下"深情"这个词时，我想到浓酽如酒的夜。想到冬霜在玻璃上开了花。想到香郁的咖啡。想到雨后的池塘，一池的莲花，笑微微的。

　　想到地广天阔的野外，一棵树对着另一棵树。

　　一只鸟对着另一只鸟。

　　一只羊跟着一只蝴蝶跑。

　　想到雨打芭蕉，秋风对枯荷。想到黛玉说："我只为我的心。"

　　想到凤凰古城，沱江边的埙。轻轻一吹响，远古的气息，就风尘仆仆赶来。愿得一心人，白头不相离。

　　想到海拔四千四百四十一米的羊卓雍措，那蓝玉一样的蓝。

　　多像一滴千年的眼泪，掉在上面。

　　是断桥边，白素贞那肝肠寸断的一声叫："官人哪。"千年的蛇精，也难逃一个"情"字。

　　是金岳霖得知林徽因离世，一个人关在办公室里号啕。而她的生辰，他给牢牢记住，每年都替她庆贺。记者登门采访，亦得不到他对她的任何话，他说，我所有的话，都应该同她自己说，我不能说。最后，却像个孩子似的，贪恋地看着记者手里林徽因的放大照片，请求道："你能把这个，送给我吗？"

这世上，最深的情，最真的爱，不是朝夕厮守，而是在距离之外，为你守望。

在一条巷子里，也总是会遇到一对老夫妇。

巷子是条老巷子，我上下班必经之路。巷道两旁植有石榴树和七里香，是我喜欢的。花开时节，石榴树上像悬着无数盏小红灯笼，一路挂过去。而七里香碎碎的小白花，像极满天星，把花香洒得密密麻麻，绊住了人的脚。这个时候的巷道看上去，有点世外桃源的意思，人人脸上都是和善静好的样子。

这对老夫妇，也就出来散步了。在黄昏时分。

老妇人坐在轮椅里，鹤发童颜。尤其是她的一双眼睛，饱满且亮，孩童般欢欢喜喜着。伴她身后的老先生，清瘦矍铄，温文儒雅，推着她缓缓而行。他们仿佛是从杏花暖阳中走出来的。巷道两边都是他们的老熟人了，他们不停地跟这个打招呼，跟那个打招呼。一样的笑容，一样的语调，是花开并蒂莲。

一个数字足以说明一切，她瘫痪，三十余年。他守着，三十余年。

听闻的人，先是发一回愣，看着他们，半天，才冒出一句："不容易哪。"

情起容易，难的是，一往而深。

她爱他，是那种偷偷藏在心里的。罗敷未嫁，然君却有妇。她与他之间，注定隔着一水盈盈。

可是，不能忘啊。过尽千帆，他还是她心中的唯一。

她去他住过的乡下，走他曾走过的路。在他出生的那个偏远小镇，她坐在邮局门口的石阶上，看两个稚童追逐着玩耍。想他也曾是其中的一个，她笑出两眶的泪来。

她去他念过书的小学，趴在铁栅栏上朝里望。守门的大爷问："姑娘，你找谁？"我找谁呢？她在心里问。茫然半天，她只得笑着摇摇头，说："我不找谁。"走过的每一个少年，都是他的曾经啊。

她后来去了他的老家。那个石头垒成院墙的小院子，她在他拍的照片上见过。小院子里有灯光渗出，他爹娘的声音，喁喁地响在院墙内。她多想敲门进去，终究没。她把一朵小野花，插在他家的院门上。对着看一看，再看一看。天空暗下来。星星们出来了。凉薄的露，打湿了衣。她该走了。

该走了。她转身，在心里默念着他的名字，一遍，一遍。她说，我走了。

今生今世，也就这样了，能想念多久，就想念多久。他永远也不会知道。

电影《情书》里，渡边博子给天堂里的藤井树写信："亲爱的藤井树，你好吗？我很好的。"

我的窗外，雪开始飘了，一朵一朵，似茉莉花开。是等了很久的雪。

渡边博子在雪地里跑，一边跑，一边撕心裂肺地喊叫，你好吗？你好吗？你好吗？

我紧紧身上的衣，真冷。起身找一件毛毯，覆在膝上。绿蚁新醅酒，红泥小火炉，此刻，真想有啊。还有，陪伴着共饮的那一个。

一个人的信息适时抵达："下雪了，你还好吗？"隔着夜幕沉沉，我怔怔地看着这一句，胸口突然一阵发热。

你还好吗？

只这一句问，便顶过世上千言万语。

云水禅心

好的曲子，是百听不厌的。

比如，我正在听的这首《云水禅心》。佛曲。四五年前，我初遇它，惊为天曲。魂被它一把攥住，满世界的喧哗，一下子退避数千里。

清清爽爽的古筝，配以三两声琵琶，如隔夜的雨滴，滚落在萋萋芳草上。一扇门，轻轻洞开，红尘隔在门外。人已完全做不了自己的主了，像懵懂的幼儿，一步步被它引领着，走近佛，走近禅，走近灵魂最初的地方。竹海森森，有泉水叮咚。有清风徐拂。有白云悠悠。有鸟鸣声交相呼应。鱼儿在清泉里，摇头摆尾。它们在一起，自吟自唱，相安无事。空气是绿色的，你甚至感觉到，有扑面而来的清冽和甜蜜。静，真静哪！这时候，你的心，化作一泓泉水流过去，化作一缕清风吹过去，化作一朵白云飘过去。不，不，还是化作一尾鱼好了，在清泉里，自由自在地游弋吧。

我的窗外，夏天的燠热一步一步逼近。今年的季节有点怪，春天久盼不至，夏天却急不可耐，一马当先，攻城略池，——天气是猝不及防热起来的。可隔了几年未听，这首《云水禅心》，还是一如既往的清丽。再多的烦躁，在它的轻抚下，也一一平息。

云水？这个词真是绝妙！云是天上的水，水是地上的云。它们到底谁是谁呢？一个，是另一个的影子，相互倾慕，相互辉映。

不记得在哪里看到的一句话了：云飘到哪里，人追到哪里；水流到哪里，人走到哪里。这天与地，原不是太阳的，不是月亮的，而是云的，是水的。

那一日，与几个朋友相约，去几百里外的便仓看牡丹。那里有传说中的枯枝牡丹——紫袍和赵粉，枯枝之上，绽放欢颜，花开七百四十年。驱车途中，一条河在我们一侧，一路跟随。天空晴朗，云朵洁白。突然撞见一个老渡口，有渡船停在岸边。午后清闲，老艄公独倚在船头，望天。隔岸，一个村庄像一幅水粉画，静止在那里。满坡的油菜花，还没开完，将谢未谢，把半条河给染得金黄。黛青的瓦房，散落在菜花间。

我们跳下车，奔过去。同行中，有四十大几的男人，激动得像个孩子，拿起照相机，一通猛拍，嘴里不停地嚷，多好啊，多好啊。

好什么呢？这天！这地！这云！这水！这渡口！老艄公倚在船头，气定神闲地看着我们。他是见多识广的，单等我们说，过河去。

真的过河去了。一人一元的渡船费。我们说，不贵不贵。好奇地问老艄公，你一天要渡多少人过河呢？他答，有时多，有时少。我们笑了，这话，像禅语。

　　船向对岸划过去，击起水花一朵朵。水里的云影，被搅碎了，又很快缝合。靠岸，我们扑进岸边那片菜花地，走小径，过小桥。桥下忽然荡来一条小船，上面载着一些农用物品。船上有三人，两个男人，一个女人，女人头上系着花头巾。他们一门心思撑着小船，从我们跟前划过去，划过去。岸边杨柳青。

　　我们忘了要去的目的地，在那个小村庄里流连，心里涨满莫名的感动。人生的相遇，相见，相别，是这样的不确定，又是这样的合情合理。佛家说，云水禅心。又，云在青天水在瓶。一切的物与生命，原都以自然的面貌，各自存活在自己的岁月里。像那个老渡口，一河的水，倒映着岸边的油菜花，倒映着蓝天白云。午后的阳光，泼泼洒洒。一艘小船，从时光里，悠然撑过。

大暑

7 月 22—24 日　腐草为蠲，土润溽暑，大雨时行。

在大暑的天，适合读一点清新的小诗。譬如我正读到的这一首：

我有开花，金黄的或者鲜红的

一直开到第一场大雪降临

我看到了谁

谁就是我的

燠热的心，因这首小诗，变得清凉。如果我是一株植物，也当如此开花，占尽好颜色。风也住在心里，雨也住在心里。住在心里面的，还有日月星辰，还有鸟鸣雀叫。

一场花开，就是一场生命的超越。

像紫薇。

这些日子，是紫薇的日子。它们披挂一新，或红，或蓝，或紫，或粉。站在路边，站在河边，站在街边的小公园里。骄阳太过热烈，烫得蝉都吃不消了，叫声变得尖锐，一声接一声，似在说，热啊，热啊。吵得阳光碎裂成一片片，片片都晃得人睁不开眼。

热？的确是。谚语有"冷在三九，热在中伏"，这"中伏"，说的就是大暑。有人开玩笑，把生牛肉放水泥地上，半刻钟后，那肉竟煎至七八分熟。紫薇们却像不怕热，它们拼了命地盛放、再盛放，云蒸霞蔚。我觉得"云蒸霞蔚"这个词，是特意为紫薇们造的。

不怕热的，还有荷。烈日下，它们开得斗志昂扬，总牵动着一波一波的目光，顶着炎热，跑去看它。人要是有花的精神，不管处于何等逆境，也都能盛开如许，那该多好。

隔壁邻居家的小孩，只穿一件红肚兜，他蹒跚着就往大太阳下跑。后面的大人紧着追，一把把他抓住，抱回屋内去。嘴里轻斥着，这么毒的太阳，你想晒死啊！孩子挣扎，哭出声来。对一个孩子来说，外面的世界，才是永远的诱惑。

我在楼上的窗内看着笑。就想起小时的乡下，也是这般的热天，却没有一个孩子会待在屋内，全都泡在屋后的河里面。他们玩打水仗，炫耀泳技。或捉鱼摸虾，也摸螺蛳。一个个晒得像一条条黑鲫鱼。大人们也都不管，放手让孩子们玩去。有时甚至也加入进来，在水里泡着，摸上几条鱼来，改善改善家里的伙食。一河两岸，全是笑闹声。

晚上，屋子里热得睡不着。也没人恼，也没人怨，大家都心平气和得很，搬张凳子，坐屋外纳凉。邻里们多有相互串门的，摇着蒲扇，说古道今。孩子们有时在旁边听几句，有时根本不耐烦听，可玩的实在太多了，忙不过来啊。他们要去捉萤火虫，要去捉纺织娘，还有的要去竹园里粘知了。稻花的香气，一袭一袭吹拢过来。还有南瓜花的香，还有扁豆花的香，还有葵花的香，还有黄豆荚和丝瓜的香。

满天的星斗，像灶膛里的小火星在跳跃，密得针也插不进似的。大人们慢摇着扇子，仰头看看，预言般地说，明天的天，会更热的。也没人去愁，热就热吧。顺安天命，岁月皆从容。

一千多年前，白居易在《销夏》中写道："何以销烦暑，端居一院中。眼前无长物，窗下有清风。热散由心静，凉生为室空。此时身自得，难更与人同。"他说的是心静自然凉。我的乡人们，竟都能做到。

人与花心各自香

是在突然间，闻见桂花香的，在微雨的黄昏。

那香味儿，起初若有似无，羞羞怯怯的。正疑心着，驻足四处张望，忽然一阵风来，吸进鼻子的，就是大把大把的香甜了。

有路人自言自语着，呀，桂花开了。一脸兴奋的笑。是乍见之下的惊喜。

心，跟着香香甜甜地一转，真的，桂花开了。那熟稔的香甜味儿，率真，浓烈，让人欢喜。

眼前恍恍惚惚的，有一树花开，细细碎碎的，是一树丹桂，在小院中。皓月当空，花香雾般缥缈。只需一棵树，就染香了一整个村庄。祖母的视线被小院中的桂花树牵着，目光柔和，充满慈祥。她望着窗外的树说，过些日子，就给你们做桂花汤圆吃。

我们很快乐。桂花汤圆好吃，一口一个呀，那是穷日子里，我们最奢侈的向往。我们望向窗外，对那一树细密的花儿，充满感激。

也听祖母讲过月里桂花树的故事。说一个叫吴刚的仙人，犯了错，被玉帝罚到月宫里，砍伐桂花树。那桂花树好奇怪的，他一斧子下去，桂花树又迅速长出新枝来。他一日不伐，树就疯长得恨不得能撑破月亮，所以吴刚只好日夜不停地，在桂花树下砍啊砍的。

人不能做错事啊，祖母这样叹。祖母是同情吴刚的。而我们，却在心里欢喜地暗想着，倘若那棵桂花树真的撑破了月亮，会怎样呢？那一树的桂花，可以做多少的桂花汤圆吃啊。这样的暗想，真是甜蜜。

喜欢过一部老电影里的旁白：桂花开了，十里八里都能闻到。故事发生在战争年代，一对毫无血缘关系的孤儿——六岁的男孩、四岁的女孩，被一农妇收养。在种着桂花树的小院里，他们长大，他们相爱。后来，解放了，男孩当了大官的亲生父母找上门来，把男孩接到城里。距离之外，一切仿佛都变了，包括男孩女孩青梅竹马的爱情。但每年，小院子里的桂花，却如约而开，十里八里都能闻得到。男孩的梦里，飘满这样的桂花香，他终抵不住思念，回到乡下女孩身边。

这是桂花的爱情，爱就爱了，只管把她的浓情蜜意一路洒开来，缕缕不绝，让人欲罢不能，魂牵梦萦。

现在，桂花树不单单乡村有，城里也种上了。秋天时节，在某条街道上随意闲逛，就有桂花香撞过来。如果这个时候刚好飘过一场雨，雨不大，是漫不经心飘着的那一种，花香便被濡湿得很有质感，随手一拂，满指皆是。桂花把空气染成了一罐蜜，人在其中，也成了一个香甜的人了。不由自主想起宋代词人朱淑真写的诗来："一枝淡贮书窗下，人与花心各自香。"这样的时光，非常的幸福，非常的暖。这样的时光，很容易想起一些人，想念他们的好，怀着感恩的心。

秋夜

满满的月光，带着露珠的沁凉，扑到我的窗前，我才发现，秋了。

秋天的月光，不一样的。如果说夏天的月光是活泼的、透明的，秋天的月光，则是丰腴的、成熟的，千帆过尽，无限风情。它招引得我，想到秋夜底下去。

对那人说："去外面走走？"

他几乎没有一刻的犹豫，应道："好，我陪你。"

门在身后，轻轻扣上。一前一后的脚步声，相互应和，沙沙，沙沙，我的，他的。黑夜里看不见我们的笑，但我们在笑，是两个顽皮的孩童，趁着大人们不注意，偷偷溜到他们视野之外去，心里面有窃喜。

小区睡了。夜是宁静的，更是干净的。空气里，流动着的是夜的体香，树木的、花的、草的，还有露珠的。白天的尘埃不见了，白天的喧闹不见了，白天的芜杂不见了，连一扇铁门上的难看的疤痕，也不见了。每家每户的窗前，都悬着一枚夜色，像上好的绸缎。一切的坚硬，在此刻，都露出它柔软的内核，快乐的，不快乐的，统统入梦吧。

再也没有比夜更博大的胸怀了，它可以容下你的得意，也可以收留你的失意；它可以容下你的欢笑，也可以收留你的忧伤。夜不会伤害你。

花朵是潮湿的，比白天要水灵得多。弯腰，辨认，这是月季吧？这是一串红吧？这个呢，是不是波斯菊？打碗花是一下子就认出来的，因为它们开得实在太热烈，一蓬一蓬的。尽管夜色迷蒙，还是望得见它们一张张小脸，憋得通红地开着。它们拼尽全身力气，努力绽放出自己最美的容颜，呈给夜看。是等待君王宠幸的妃子吗？一豆灯下，临窗梳妆，对镜贴花黄。而一旦白天降临，它们的花朵，全都闭合起来，一夜怒放，不留痕迹。

真是，真是，怎么傻得只在夜里开呢？嘴里面嘀咕着，心里却在为它鼓掌，都说女为悦己者容，花也是啊。它只开给夜色看，那是它的宿命，更是它的执着。

"坐一会儿吧。"我们几乎同时说。偌大的草地边，随便找一处石凳，我坐这头，他坐那头。

石凳沁凉如玉。风从四面八方吹过来，薄凉的，带了露珠的甜蜜。草的香味，这个时候纯粹起来，醇厚起来，铺天盖地，把人淹没。虫鸣声叫得细细切切，喁喁私语般的。树木站成一些剪影，月光动一下，它们就跟着动一下。

初秋的天空，星星们稀了，可是，仍然很亮。想起遥远的一句话："天上一颗星，地上一个人。"那时还小吧，当流星划过天空，小小的心里，会一阵惊颤：是谁走了？

谁呢？身边的亲人，都在，我摸摸这个，碰碰那个，很不放心。母亲不知我的心，母亲轻轻打我的手，问："丫头，傻乎乎想做什么？"

我是在那个时候就有了恐惧的，恐惧失去，我想紧紧抓住，不再松手。而事实上，在随后长大的过程中，我不断面对着失去，无可奈何。先是和我同岁的表哥，十岁那年夏天，下河游泳，溺水而亡；后来，我小学的同桌，一个大眼睛的女孩子，出天花死了；再后来，走的人陆续多了，他们有的是我的少年玩伴，有的是我的中学同学，有的是我的朋友。昨日还笑语喧喧的一个人，今日却阴阳相隔。及至成年后，每次回老家，我都会听到一些不幸的消息，村子里，曾经我相熟的某个人，走了。直到我的外公、外婆，祖母、祖父，相继离去。

我轻轻叹："我生命中的人，一个一个少去了。"

他过来握我的手，他说："我们好好过。"

笑了。消失是一种必然，也是一种未知，我们无能为力，那就顺其自然吧。可握住的，是当下。当下，我们活着，我们都在，那就好好相待，不浪费每一寸光阴。比如，我们一起来享受这个秋夜的宁静，现世安稳。

"银烛秋光冷画屏，轻罗小扇扑流萤。天阶夜色凉如水，坐看牵牛织女星。"当年宫女的幽怨，留在那年的秋夜。她们终身所求，只不过是一夕相守，却不能够，只能陪着流萤，渐渐老去。我感谢我身边的这个人，他在，他让一个秋夜，充实。

他问："冷吗？"

我答："不冷。"

我们不再说话，夜色温柔地漫过我们，我们也成了夜色中的一分子，成了自然的一分子，像一株草，一朵花，一枚树叶子。安静着，恬淡着。

大雪

　　我一直搞不懂，我到底算是南方人，还是北方人。

　　我去北方时，北方人称曰，你们南方人怎样怎样。我到南方时，南方人称曰，你们北方人怎样怎样。

　　海离我的小城不远，是黄海。江离我的小城不远，是长江。不过，我在江北。

　　我爱南方的温润和柔媚。一场雨后，那青石板铺就的老巷子里，有兰花的香气在游走。隔江相望，我的骨子里或许也浸染了一二。于是常带给人假象，陌生人首次见面，会询问我，你是江南人吧？然我又极爱面食和北方菜，山东煎饼、馒头和东北乱炖，我都吃得欢欢的。比小白兔吃萝卜还欢。日日吃着，都不嫌腻。

　　节气的抵达，怕也如我这般疑惑，不知它算是北方的呢，还是南方的。它到达我这里，总会慢上半拍，比北方要晚，比南方要早。

像这大雪日的到来。

古语云："大者，盛也，至此而雪盛也。"朋友威在哈尔滨，这个节气里，她那里已下过好几场雪了，雪厚得能堵门。我这里，却是连绵的阴雨，阴得钻人骨头。冷，又冷得不干不脆的，让人焦急。

焦急着等一场雪。

雪终于姗姗而来。虽是蜻蜓点水的那么几枚，可足以让我们兴奋的。

——看，下雪了。街上多的是这种惊喜的声音。

那会儿，我正站在一棵掉光叶的梧桐树下，等那人停车。我说，要庆祝下雪。

两个傻瓜一拍即合，我们决定在外用餐。

午时的天空，阴，一片混浊。然因那几枚雪，竟也点缀出童话的色彩。

我伸手接雪。用围巾接雪。用帽子接雪。谁能忽视它的到来？它的纯洁和晶莹，总能在瞬间，碰疼人心底的柔软。

我们都是柔软的。

一闪念，忽然想起康海这个人来。明代大才子，少年时就显露出非凡的才华，人见之，预言，必中状元。后果真大魁天下。他为人刚正不阿，这样的人，在官场中势必要遭到怨恨与陷害。他后来被削职为民，再不过问仕途，一心只创作乐曲歌辞，自比为乐舞谐戏的艺人，为他家乡的秦腔，做出卓越的贡献。后人给予评价：官场不幸秦腔幸。

这样的人，有着雪的风骨，是要瞻仰着才是。他的诗文，亦是骨骼奇秀的。他写过一首《冬》的诗，很应我眼前的景：

云冻欲雪未雪，梅瘦将花未花。流水小桥山寺，竹篱茅舍人家。

三笔两画，一幅乡村冬日图，就活灵活现着了。初读，以为是静止的。像佛乐《云水禅心》，古筝叮咚，乐曲突然地滑翔下去，那种空灵，无有尽头。我总觉得，佛乐是有颜色的，青色，或者银灰，最配。空旷，迷离，如这冬日一场大雪前。

然分明又是驿动的。无论是云，还是梅，还是流水，还是小桥，还是山寺，还是竹篱和茅屋，它们都在翘首以待一场雪。等待的心，简直就要蹦出来了。

也许只是一盏茶的工夫，这场雪，就会沸沸扬扬而下。它们将在梅枝上雕刻花朵。将在流水上裙摆轻扬。将在小桥上铺设雪毯。它们调皮地打着滚儿，在山寺的屋顶上，在人家的篱笆墙上。

这个时候，最好能约上三五知己，围炉取暖。喝点小酒，唱点小曲，读点闲书，说点闲话。门外，雪和夜色，慢慢倾城。

浅淡岁月，总有欢喜相守

等雪的。雪始终没来。

我的雪，它落在南方，它落在北方，它没落在我这里。

也罢。它不在这里，就在那里。它在，就总会惊喜一些心灵，和眼睛。

问过一个女子，你有过不快乐的时候吗？

那女子六十好几了。整天还是风风火火，说话嘎嘣嘎嘣的。她写戏剧，写影视剧本，写得风生水起。你靠她身边站着，总觉得有一团火在燃着烧着。

我问她这话的时候，她正往电脑里输字，笑嘻嘻回我，没有。

我不死心，你真的没有，一次也没有吗？我简直有点穷追不舍的意思。

她不假思索，答，一次也没有。

我怎么会不快乐呢？我没有时间不快乐啊。我也没有资格不快乐啊。你看吧，我能写字，能走能动，还能吃下一大碗饭，我有什么不快乐的？她说。

哈哈。她笑。

哈哈。我也笑了。

看一本书，里面全是关于衰老和死亡的。

衰老和死亡，是那样的无力和无奈。任你曾坐拥金山，才高八斗，也不得不全部缴械投降。

可是，能不能这样说，那一路的旖旎，原不过是为了到达终点的这刻。终点除了无力和无奈外，它还有宁静，还有终结，还有完满啊！从起点，到终点，能够走下来，就是一种完满和胜利。

我不哀叹。那不是一个人的终点，那是大团聚。因为，我们终将都到达那里。

养几盆小植物。文竹和萝卜头。

你就不知道萝卜头在水里面长出来，有多美。那小叶子有点像小女孩的眉睫。随便什么时候去看它们，它们都眨巴着绿绿的眉睫，冲着我笑。我忍不住要去爱。

怎么能不爱！日子里，只要你肯种下欢喜，长出来的，一定是欢喜。

浅淡岁月，总有欢喜相守，很好，很好的。